Gärten der Köche

Gärten der Köche

Michael Stitz
Steffi Brügge

Wachholtz

ISBN: 978-3-529-05777-9

GARTEN – DER PARADIESISCHE GENUSS AUF ERDEN

Gärten sind die Lieblingsorte der Deutschen geworden. Selbst die mühselige Arbeit im Garten wird von vielen als Entspannung genossen. Wachsen und blühen zu sehen, was man selbst gesät und gepflegt hat, bereitet tiefe Zufriedenheit und Freude.
So empfinden es auch viele Köche, die wir in diesem Buch vorstellen. Der Garten ist für sie Inspiration. Der Duft der selbst angebauten Kräuter, die Frische der Gemüse und Früchte lässt die kreative Fantasie der Küchenmeister auf köstliche Ideen kommen.
Im Garten oder Park eines Restaurants, im üppigen begrünten Hof oder auf einer hübsch bepflanzten Terrasse zu speisen, steigert den Genuss.
In diesem Buch werden Köche und ihre Häuser vorgestellt, die einen leidenschaftlichen Bezug zu Gärten und zu deren Früchten haben. Die Rezepte belegen diese Leidenschaft und die Bilder machen Lust auf die Küche aus den Gärten der Köche.
Entstanden ist so ein Genussbuch, in dem schlichte bis aufwendige Rezepte zu finden sind. Ein Buch, das einladen möchte, die Gärten der Köche und ihre Küche zu entdecken. Ganz nebenbei lassen sich so auch die besten Kochkünstler Schleswig-Holsteins, ihre gemütlichen Landgasthöfe, schicken Restaurants oder noblen Gourmet-Tempel entdecken.
Egal, ob man die bodenständige oder die raffinierte Feinschmecker-Küche bevorzugt, die schlichte, aber schmackhafte, die deftige oder leichte – in diesem Buch sind alle Geschmacksrichtungen und Kochstile zu finden. Eines aber ist ihnen gemeinsam: Sie sind der regionalen Küche, der größtmöglichen Frische und Qualität verpflichtet.
Die Rezepte haben die Köche mit großer Sorgfalt geschrieben, damit das Nachkochen möglichst optimal gelingt.

Die Restaurants

GÄRTEN, KÖCHE UND REZEPTE

Alter Meierhof

GLÜCKSBURG

Direkt an der Flensburger Förde gelegen, bietet das architektonisch reizvolle Hotel nicht nur den Wellness-Suchenden ein bundesweit gelobtes Angebot. Zum Alten Meierhof pilgern auch Gourmets aus der ganzen Republik, denn hier steht der Zwei-Sterne-Koch Dirk Luther am Herd. Seine Kochkunst vereint regionale Einflüsse mit internationalen Trends auf ebenso elegante, feine wie solide, aber nie überdrehte Weise. Luther hat den Alten Meierhof in einen allumfassenden Genuss-Tempel verwandelt, in dem selbst der Sonntags-Brunch jede Reise wert ist.

Das parkartige Gelände, auf dem das 5-Sterne-Plus-Haus liegt, der weite Blick von dort über die Ostsee, vor allem die Kräuter und Früchte aus dem Garten des noblen Hotels sind für Luther und seine Hoch-Küche Quelle der Inspirationen – und natürlich für die eine oder andere Zutat seiner Rezepturen. Der sympathische Spitzenkoch wählt nur erstklassige Ware aus der Region und bedient sich der besten Lieferanten des Landes. Denn seine oberste Maxime ist die Frische und optimale Geschmacklichkeit der Top-Produkte. Luthers Kochkunst entwickelt daraus unvergessliche Genusswerke.

Gekräuterte Poularde

MIT KARTOFFEL-STECKRÜBENGEMÜSE

Zutaten
für 4 Personen

Poularde

1 Bio-Poularde vom Hof
200 ml brauner Geflügelfond
100 g Mehl
30 g Butter
6 cl roter Portwein
4 cl Madeira
1 l heller Geflügelfond
30 g Butterwürfel
1 Rosmarin- und Thymianzweig
Salz und Pfeffer aus der Mühle
2 EL geschlagene Sahne
Salz und Pfeffer aus der Mühle

Kräuter

2 EL gehackte Petersilie
500 g Kartoffeln
1 EL gehackter Kerbel
300 g Steckrüben
1 EL gehackter Estragon
4 EL Gemüsewürfel
1 EL geschnittener Schnittlauch

Kartoffel-Steckrübengemüse

500 g Kartoffeln
300 g Steckrüben
4 EL Gemüsewürfel
1 EL geschnittener Schnittlauch
(Lauch, Sellerie, Karotte)
300 ml Rinderbrühe
30 g Butter
2 Lorbeerblätter
Salz und Pfeffer aus der Mühle

Zubereitung

Poularde
Die Kräuter mischen. Die Füllung vorsichtig und so weit wie möglich unter die Haut der Poularde schieben. Die Haut mit den Händen wieder glatt streichen und die Poularde mit Küchengarn in Form bringen. Aus der Butter, dem Mehl und dem hellen Geflügelfond eine Sauce anrühren und kurz vor dem Servieren mit geschlagener Sahne verfeinern. Das Öl in einem Bräter erhitzen und die Poularde von beiden Seiten anbraten. Vorsichtig wenden, Kräuter zugeben und die Poularde im Ofen bei 180 ° C ca. 55 Minuten braten, dabei gelegentlich mit dem Bratensaft begießen. Kurz vor dem Servieren die Poularde portionieren.

Sauce
Für die Sauce Madeira, Portwein und den Fond auf ca. 1 dl Flüssigkeit einkochen lassen. Butterwürfel einrühren und mit Salz und Pfeffer abschmecken.

Kartoffel-Steckrübengemüse
Kartoffeln und Steckrüben schälen und in 1 cm gleichmäßige große Würfel schneiden. Kartoffel- und Steckrübenwürfel in Butter anschwitzen, Lorbeerblatt hinzufügen und mit der heißen Rinderbrühe auffüllen. Mit Salz und Pfeffer abschmecken und bei mittlerer Hitze ca. 12-15 Minuten garen. Vor dem Servieren (ca. 5 Minuten) die Gemüsewürfel dazugeben.

Anrichten
Das Gemüse auf einem vorgewärmten Teller dekorativ anrichten. Die Brust und die Keule in die Mitte legen und mit der Sauce umgießen.

Sauce

200 ml brauner Geflügelfond
6 cl roter Portwein
4 cl Madeira
30 g Butterwürfel
Salz und Pfeffer aus der Mühle

Altes Zollhaus SCHLESWIG

Im Schatten von Schloss Gottorf liegt der stattliche Bau, in dem das Hotel-Restaurant der Familie Mittelstädt ein stilvolles Angebot für Individualisten bietet. Hier schläft man in sehr persönlich eingerichteten Zimmern und tafelt in einem modernen Ambiente, das viel Behaglichkeit vermittelt. Die Küche von Regina Mittelstädt versteht sich als bodenständige, die aber sehr genau weiß, was Besser-Esser erwarten: Eine schmackhafte, leichte Regionalküche.
Die Früchte des Gartens, die Kräuter und Gemüse sowie die Produkte der Region sind es, die die Küchenchefin auf die Speisekarte nimmt. Daraus entstehen ihre klaren Kreationen, die durch sorgfältige Zubereitung überzeugen. Bei Nachfragen zu den einzelnen Gängen weiß Ehemann und Service-Chef Michael Mittelstädt bestens Auskunft zu geben. Er kennt auch den kurzen Weg auf das Schlossgelände. Für Gartenfreunde ist diese Adresse nicht zuletzt deshalb so reizvoll, weil es vom Zollhaus bis zu den historischen Barockgärten auf Gottorf nur wenige Schritte sind. Nach einem guten Essen im Zollhaus verspricht der Spaziergang durch die für Nordeuropa einmaligen Gartenanlagen des Schlosses einen zusätzlichen Genuss.

Strauchtomaten mit Ziegenfrischkäse

Zutaten
für 4 Personen

600 g Strauchtomaten
200 g Ziegenfrischkäse
Olivenöl
4 Zweige Rosmarin
100 g Sonnenblumen-, Pinien- und Kürbiskerne
50 g Tannenhonig

Gratinierte Strauchtomaten aus dem Ofen, gefüllt mit Ziegenfrischkäse, in Olivenöl gegart, mit geröstetem Rosmarinzweig und lauwarmen Sonnenblumen-, Pinien- und Kürbiskernen auf Tannenhonig

Zubereitung

Strauchtomaten (reif, rot) halbieren,
in eine feuerfeste Form mit Olivenöl geben,
ca. 10 min. im Ofen garen.
Vor Beendigung der Garzeit Rosmarinzweig und Kerne mit ins Öl geben.
Tomaten mit „Fleur de Sel" würzen,
Ziegenkäse in die halbierten Tomaten füllen und kurz gratinieren.
Den Tannenhonig auf einen Teller geben, die Tomaten darauf anrichten, Rosmarinzweig und Körner darübergeben.

Am Kamin NEUMÜNSTER

Der Garten ist für Karl Ress eine Quelle der Ruhe und Inspiration. Entsprechend leidenschaftlich hegt und pflegt er sein idyllisches Territorium, verbringt viel Zeit in seinem romantischen, parkähnlichen Anwesen – fernab von seiner eigentlichen Wirkungsstätte: Seinem Restaurant „Am Kamin".

Im Garten kommen ihm die Ideen für neue Rezepte, schöpft er Kraft und Kreativität für seine andere Leidenschaft: das Kochen. Mit seinem liebevoll eingerichteten, sehr gemütlichen französischen Restaurant „Am Kamin" begeistert Karl Ress schon seit Jahrzehnten die feinschmeckenden Neumünsteraner. Sein Ruf als kreativer Kochkünstler geht aber weit über die Stadt hinaus.

Als ruhiger, bewundernswert schnell und souverän agierender Solist in der Küche schafft es Ress, seine zahlreichen (Stamm-)Gäste immer wieder mit Gerichten zu überraschen, die je nach Jahreszeit auch das eine oder andere aus dem Garten des Patrons enthalten. Das kann mal etwas aus der Apfel-, Birnen- oder Pflaumenernte sein, das sind häufig die Kräuter oder auch schon mal (essbare) Blüten, die Ress mit in sein Kochprogramm nimmt. Das ist zwar in seinen Grundlagen deutlich an der hochklassigen französischen Küche orientiert, weiß aber sehr wohl um die Qualitäten frischer regionaler Produkte. Also gibt Ress ihnen in seinen aromenstarken Rezepturen häufig dominante Rollen.

Medaillon von der Biokalbslende

MIT SAUERAMPFER-GREMOLATA, FLASCHENTOMATEN UND MINIEISZAPFEN

Zutaten
für 4 Personen

ca. 1kg Kalbsfilet
(von Sehnen und Häuten befreit)
8 Flaschentomaten
8 Minieiszapfen(Rübchen)
100 g Schalotten,
50 ml roter Portwein,
100ml Rotwein
½ l Kalbsfond
1TL gehackter Rosmarin
½ Knoblauchzehe
1 Lorbeerblatt
3 gehackte Wacholderbeeren
Kräuter: je ein Bund Sauerampfer,
Petersilie und Estragon
Zitronen- und Orangenabrieb
ein wenig Knoblauch,
Salz, Pfeffer
200 ml gutes Olivenöl
etwas Butter

Zubereitung

Sauerampfer-Gremolata
Kräuter zupfen, säubern und die restlichen Zutaten (Zitronen- und Orangenabrieb, Knoblauch, Salz, Pfeffer, Olivenöl) mit dem Stabmixer/Moulinette zu einer cremigen Paste mixen.

Kalbsfilet in 4 gleich große Medaillons schneiden, mit grobem Pfeffer würzen und kräftig anbraten. Butter zugeben und langsam bei ca 130 Grad im Ofen fertig garen. Meersalz aufstreuen und die Gremolata auflegen. Beiseite stellen und warmhalten.

Flaschentomaten
kurz brühen, enthäuten, entkernen und mit Gremolata füllen.

Eiszapfen (Rübchen)
schälen und ca. 4 Min. blanchieren.
Warmhalten.

Rosmarin-Jus
Schalotten in Butter anschwitzen mit Port- und Rotwein ablöschen und reduzieren. Aromaten (Rosmarin, Knoblauchzehe, Lorbeerblatt, gehackte Wacholderbeeren) zugeben und mit Kalbsfond auffüllen und auf 2/3 reduzieren. 2 kalte Butterflocken unterrühren und alles durch ein feines Sieb gießen. Zwischenzeitlich Sauerampferblätter im heißen Olivenöl frittieren und auf Küchenkrepp abtropfen lassen.

Anrichten

Drei, vier Esslöffel Jus auf einen großen Teller gießen, ein Medaillon darauf setzen, im Wechsel zwei Minieiszapfen und zwei Tomaten seitlich zum Fleisch legen, ein paar frittierte Sauerampferblätter über den Teller verteilen.

Andresen's Gasthof

BARGUM

Eigentlich müsste an diesem Haus eine besondere Plakette angebracht sein. Eine, die darauf hinweist, dass hier seit über 30 Jahren auf hohem Niveau gekocht wird, hier Küchenmeister an den Herden gestanden haben, die zur deutschen kulinarischen Spitze gehörten und gehören. Elke Andresen hat es nämlich immer wieder geschafft, für ihren elegant gemütlichen Landgasthof Koch-Talente zu verpflichten, die mit den Produkten der Region – und den Kräutern des Gartens – kreativ umzugehen wissen, eine ungekünstelte Gourmet-Küche beherrschen und die den Gast bei jeden Besuch aufs Neue begeistern.

Zurzeit steht der junge Eike Rakoschek in der Kreativ-Küche. Der ehemalige Mitarbeiter von Dirk Luther (2-Sternekoch, Alter Meierhof, Glücksburg) lässt sich nicht von teuren exotischen Produkten inspirieren, sondern von allem, was seine unmittelbare Umgebung hergibt. Dorsch, Lammhüfte oder ein schönes Stück vom heimischen Geflügel sind die Produkte, für die er neue Rezepturen entwickelt, um sie modern, leicht und interessant zu präsentieren.

Das üppige Kräuterangebot in dem prächtigen Bauerngarten des Hotel-Restaurants spielt bei den Rezepten eine zentrale Rolle. Manchmal pflückt er einfach aus dem reichen Angebot des Gartens, den Elke Andresen mit großer Sorgfalt und Kenntnis pflegt, eine ganze Hand voll Kräuter, um dann an der „Werkbank" zu sehen, was er wie verwendet. Meist kommen dabei herrlich duftende und bekömmliche Kreationen auf die Teller. Noch ein Grund für die Plakette.

Poulardenbrust

AN ESTRAGONSAUCE, SPITZKOHL Á LA CREME, TOURNIERTE KAROTTEN UND KARTOFFELTALER

Zutaten

2 doppelte Poulardenbrüste
am Knochen
1 Karotte
¼ Sellerie
2 mittlere Zwiebeln
1 EL Tomatenmark
½ l Geflügelfond
¼ l Weißwein
1 Strauß Estragon

Kartoffeltaler

1 kg Kartoffeln
(vorwiegend fest-kochend)
4 Eigelb
¼ Bund Schnittlauch
etwas Speisestärke (zum Ausrollen)

Karotten und Spitzkohl

100 ml Sahne
½ Spitzkohl
1 Bund Karotten

Zubereitung

Poulardenbrust auslösen, die Knochen klein hacken, in Speiseöl auf mittlerer Hitze anrösten. Karotte, Sellerie und Zwiebeln in Würfel schneiden und mitrösten, zwei oder drei Mal mit dem Wein ablöschen und den Wein jeweils einkochen lassen. Das Tomatenmark zugeben und noch leicht mitrösten, dann mit dem Geflügelfond auffüllen und ca. 1 Stunde simmern lassen, durch ein feines Sieb passieren, den Estragon hacken, in die Sauce geben und noch etwa bis zur Hälfte einkochen.

Die Kartoffeln schälen, kochen und gut abdämpfen. Durch eine Kartoffelpresse drücken, mit Salz, Pfeffer und Muskat abschmecken, die Eigelbe und den geschnittenen Schnittlauch zügig unter die heiße Kartoffelmasse ziehen und noch heiß in Rollen formen, die Arbeitsfläche eventuell mit etwas Speisestärke bepudern, dann klebt die Kartoffelmasse nicht an.

Die Sahne bei geringer Hitze reduzieren und leicht mit Speisestärke abbinden. Den Spitzkohl (ohne die Mittelrippen) in feine Streifen schneiden, blanchieren und sofort in Eiswasser abschrecken. Die Karotten schön zuschneiden (tournieren)und in wenig Salzwasser mit Zucker bissfest kochen.

Die Poulardenbrust scharf anbraten, mit Salz und Pfeffer würzen und im Ofen bei etwa 150°C 20-30 Minuten garen.
In der Zwischenzeit die Kartoffeltaler schneiden und in etwas geklärter Butter anbraten. Die Karotten in etwas Butter anschwitzen und den Spitzkohl in der Sahne erhitzen. Die Sauce eventuell etwas abbinden. Alles schön auf dem Teller arrangieren.

Antikhof Bissee

BISSEE

Zu den Adressen, die in Schleswig-Holstein jeder nennt, der gern in einem besonderen Ambiente feine bodenständige Kost genießt, gehört sicher der Antik-Hof Bissee. Hier schnuppert man Landluft, erfreut sich an den Gärten des Dorfes und genießt die Ruhe des beschaulichen Ortes. Mit seinem großen Kräutergarten hat der Antik-Hof, dessen Anfänge als Bauernhof rund 500 Jahre zurück reichen, eine weitere Attraktion geschaffen.

Der Kräutergarten ist für Chefkoch Jan Horstmann eine wichtige Quelle für seine regionale Küche. Horstmann, der zu den Gründungsmitgliedern des Vereins „Feinheimisch“ gehört, beweist mit seinen Speisen, wie reich Schleswig-Holstein an guten Produkten ist, wie bodenständig und kreativ sich damit kochen lässt.

Für seine Gäste, die in dem mit antikem Mobiliar eingerichteten ehemaligen Kuhstall die sorgsam zubereiteten Klassiker und Neuschöpfungen des Küchenmeisters genießen, sind die Stunden in dem urgemütlichen Landgasthof immer kleine Ereignisse. Die lassen sich dann noch vor oder nach dem Essen mit einem Rundgang durch die Wohnschau des Antik-Hofes abrunden. Für Freunde antiker Möbel eine wahre Fundgrube.

Gebratenes Sarlhusener Barschfilet

UNTER EINER KRÄUTERSENFKRUSTE MIT TOMATEN-ZUCCHINI-GEMÜSE UND KARTOFFELPÜREE VOM BLAUEN SCHWEDEN

Zutaten
für 4 Personen

800 g Barschfilet
200 g Kräuter
(Schnittlauch, Petersilie, Dill, Estragon)
80 g Butter
1 Eigelb
300 g Mie de pain
(Toastbrot ohne Rinde)
40 g Senf (mittelscharfer, körniger Senf)
8 aromatische Tomaten
2 Zucchini mittelgroß
600 g Kartoffeln Blauer Schwede
100 g Butter
100 g Sahne
Muskat
Salz und Pfeffer

Zubereitung

Das Toastbrot von der Rinde befreien und zerbröseln. Auf die Toastbrotbrösel die weiche Butter, das Eigelb, den Senf und die kleingehackten Kräuter geben. Alles gut vermengen und mit Salz und Pfeffer abschmecken.
In der Zwischenzeit die geschälten Kartoffeln zum Kochen bringen. Die Tomaten kurz in heißem Wasser blanchieren, dann in kaltem Wasser abschrecken und die Schale abziehen. Tomaten und Zucchini in kleine Würfel schneiden.
Aus Kartoffeln, Butter und Sahne ein Püree herstellen und mit Salz, Pfeffer und Muskat würzen. Für das Gemüse die Zucchini kurz anschwitzen, dann die Tomaten dazugeben und schmelzen lassen, um eine sämige Sauce zu erhalten. Das Barschfilet kurz in der heißen Pfanne anbraten, dann mit der Kruste bedecken und im Ofen bei 220 Grad Oberhitze kurz überbacken.

Anrichten

Auf vorgewärmten Tellern das Tomaten-Zucchinigemüse anrichten, das Barschfilet auf dem Gemüse platzieren. Das Kartoffelpüree in einer Schüssel extra anrichten.

Bärenkrug

MOLFSEE

Ein Haus mit Tradition, und zwar mit sehr guter, ist der Bärenkrug in Molfsee bei Kiel. Der Familienbetrieb, der bereits in der vierten Generation von den Sierks geführt wird, hat sich einen hervorragenden Ruf als Landgasthof erkocht. Geschafft wurde das mit einer Küche, die nicht zuletzt ihre Wurzeln in der Jagd und den Früchten des Gartens hat.

Die eigenen Kräuter, aber auch die Quitten, Kirschen, Äpfel oder Johannisbeeren aus dem Garten hinter dem Hotel-Restaurant oder den nahe gelegenen Gärtnereien geben je nach Jahreszeit den Ton in der Küche an oder sind zumindest wichtige Zwischentöne.

Der junge Küchenchef Ulf Sierks kennt nicht nur seine Produkte genau, meist kennt er auch den Landwirt, den Fischer oder Gemüsebauern sehr gut, weiß, wie sie arbeiten und welche Qualitäten zu erwarten sind. Dass für Sierks nur die beste Qualität akzeptabel ist, versteht sich von selbst. Nicht zuletzt dieser Anspruch war es, der Sierks gemeinsam mit einer zunächst kleinen Gruppe von Köchen die schleswig-holsteinische Initiative „Feinheimisch“ zur Förderung der regionalen Küche gründen ließ.

In dem ländlich-gemütlichen Ambiente des Bärenkrugs darf man eine feinheimische Küche erwarten, die beweist, wie viel herausragend gute Lebensmittel Schleswig-Holstein zu bieten hat. In der Küche von Ulf Sierks werden daraus bodenständige Klassiker genauso wie raffinierte Kreationen. Doch alles bleibt schnörkellos, ungekünstelt, denn oberstes Ziel des ruhigen Hauses mit seinem lauschigen, blumenprächtigen Innenhof ist es, einfach lecker zu kochen.

Hirschcarree

MIT FRISCHEN STEINPILZEN UND KARTOFFELRISOTTO

Zutaten
für 4 Personen

800 g Hirschcarree
(Rückenfilet mit Knochen)
400 g Steinpilze
400 g Kartoffeln
Sahne
Schalotten
Schnittlauch
Butter
Salz und Pfeffer
Öl

Zubereitung

Die Silberhaut vom Hirschrücken entfernen und das Fleisch mit Salz und Pfeffer würzen und in der Pfanne von beiden Seiten anbraten! Das Caree im Ofen bei Umluft und ca. 120 °C garen, bis die Kerntemperatur von 53 °C erreicht ist. Die Kartoffeln schälen und in Würfel schneiden (1 cm x 1cm). Die Schalotten in Butter anschwitzen und die Kartoffeln dazugeben, mit Sahne angießen und einkochen lassen.
Nach etwa 15 Minuten sind die Kartoffeln gar und die Flüssigkeit ist sämig eingekocht. Mit Salz und Pfeffer abschmecken und vor dem Anrichten den feingehackten Schnittlauch dazugeben. Die Steinpilze putzen und gegebenenfalls von Erde befreien, in Scheiben schneiden (dabei möglichst den Stiel am Pilzkopf lassen, so bleibt die tolle Pilzform erhalten) und in der Pfanne mit zerlassener Butter anbraten, mit Salz und Pfeffer würzen.

Anrichten

Das Hirschcaree einige Minuten ruhen lassen, damit der Fleischsaft nicht ausläuft. Das Kartoffelrisotto mit etwas geschlagener Sahne verfeinern und auf dem Teller anrichten. Das Caree aufschneiden und an das Risotto legen. Die goldgelb gebratenen Steinpilze anlegen.

KIEL *Birke*

Lauschig, naturnah, stilvoll und doch mitten drin – in der Landeshauptstadt Kiel findet man das Hotel Birke mit seinem Restaurant „Fischers Fritz“. Das Haus hat sich den Ruf eines beliebten und renommierten Tagungs- und Wellness-Hotels erworben, das Restaurant den Ruf einer guten (regionalen!) Küche.

Die idyllische Lage der „Birke“ hängt mit der Geschichte des Hauses zusammen, denn dort wo die „Birke“ liegt, war früher aus Kieler Sicht schon Land. Bis heute hat sich der Charme ländlicher Ruhe erhalten, ist das Haus von Natur umgeben. Familie Birke, die dem gemütlichen Hotel mit seinen warmen Farbtönen und Holzakzenten ein heimeliges, norddeutsches Ambiente gegeben hat, führt das Haus bereits in der dritten Generation. Mit spürbarer Freude an neuen Ideen. Wenn sie denn ihren Qualitätsansprüchen genügen.

Aufgeschlossen sind die Birkes vor allem den kulinarischen Genüssen. Ihre frische Regionalküche hat einen Schwerpunkt mit Fischen aus dem nahen Meer, Kräutern aus dem eigenen Garten und vielen anderen frischen Produkten aus der direkten Umgebung.

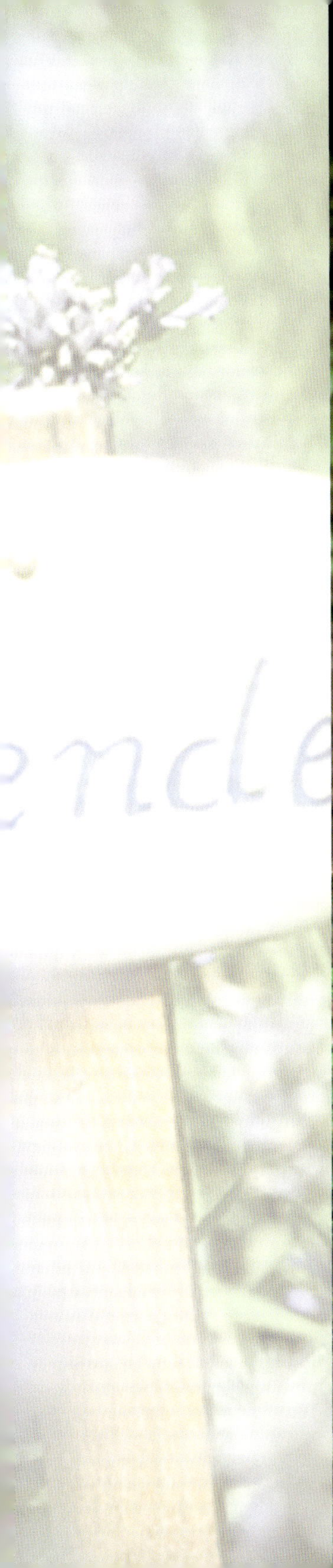

Bauernhähnchen-Brust

MIT FRISCHEN KRÄUTERN GEGART AN HOLSTEINER-COX-SELLERIE-PÜREE MIT KIRSCH-ESPRESSO-GLACE

Zutaten
für 4 Personen

Hähnchenbrust
180 g Hähnchenbrust
3 g Salz
1 g Pfeffer
5 g fein gehackte Petersilie
2 g fein gehackter Rosmarin
3 g fein gehackter Estragon

Holsteiner-Cox-Sellerie-Püree
300 bis 400 g Sommersellerie
5 cl Milch
10 g Butter
2 Äpfel (Holsteiner Cox)
2 Riebe Muskat
1 g Salz

Zutaten Kirsch-Espresso Glace
0,1 l Kirschsaft
1 gekochter Espresso
1 g Zucker
1 g Salz
1 g Pfeffer

Garnitur
4 Blüten Kapuzinerkresse

Zubereitung

Die Hähnchenbrust waschen und im Anschluss die Haut vorsichtig abziehen. Ist die Haut entfernt, wird die Brust von beiden Seiten leicht gesalzen. Die Petersilie, Rosmarin und Estragon von den Stielen entfernen und fein hacken.
Zwei gleich große Stücke Alufolie und Frischhaltefolie so zuschneiden, dass die Hähnchenbrust darin eingewickelt werden kann. Auf die Alufolie wird nun die Frischhaltefolie gelegt.
Die Kräuter werden auf der Mitte der Fläche der Frischhaltefolie verteilt. Nun wird die Hähnchenbrust auf die Kräuter gelegt und in die Folie zu einem Bonbon gerollt.
Dieses Bonbon wird nun in einem Wasserbad bei 90 Grad in einem Kochtopf langsam ca. 15 Minuten gegart.

Die Sellerie wird geschält und in feine Würfel geschnitten. In einem Kochtopf wird die Milch zum Kochen gebracht. Nun wird die Sellerie hinzugegeben. Diese soll leicht gar ziehen und wird mit einem Pürierstab püriert (aufmontieren). Zur Geschmacksverfeinerung wird etwas Butter hinzugegeben. Nun wird das Püree mit Salz und Muskat gewürzt. Kurz vor dem Anrichten werden die Apfelwürfel hinzugegeben.

Der Kirschsaft wird in einem Kochtopf eingekocht, bis er eine leicht sämige Konsistenz bekommt. Dieser wird mit einer Prise Zucker, Salz und Pfeffer gewürzt. Im Anschluss wird der Espresso daruntergehoben.

Anrichten

Die Hähnchenbrust wird nach dem Garen aus der Folie genommen und in gleichmäßige Scheiben geschnitten. Das Püree wird in der Mitte des Tellers angerichtet und die Soße drum herum mit einem Löffel verteilt.
Die geschnittene Hähnchenbrust wird nun in die Soße gelegt, bzw. an das Püree angelegt.
Jede Portion wird zum Abschluss mit einer Blüte von Kapuzinerkresse garniert.

SCHÜRSDORF

Brechtmann

Bekannt ist der gemütliche, von Wäldern und Wiesen umgebene Landgasthof mit seinem schönen Garten vor allem für seine köstlichen Entengerichte. Doch der junge Sven Brechtmann hat internationale Küchenerfahrung, war lange in der Top-Gastronomie unter anderem in Asien tätig. Da treffen schon mal exotische Gewürze auf schleswig-holsteinische Landkost. Bei Brechtmann werden aus solchen Liaisons kulinarische Kreationen, die nicht nur überraschen, sondern köstlich sind. Wer sich für die asiatische Richtung nicht so begeistern kann, bekommt hier auch klassische regionale Küche serviert, die nur Topprodukte aus der näheren Umgebung zulässt und gern mit den Früchten und Kräutern des eigenen Gartens arbeitet. Das alles in einem freundlichen Ambiente, das mit gepflegter Tischkultur und einem schönen Blick über die Wiesen vor dem Haus das Speisen zu einem entspannenden Erlebnis werden lässt.

Ofenknusprige Flugente

MIT TOMATEN-ESTRAGON-JUS, WILDKRÄUTERSALAT IN LIMONENOLIVENÖL UND GEBACKENEM KARTOFFELPÜREE

Zutaten
für 4 Personen

2 frische Flugenten á 1,9 kg
Salz, Pfeffer zum Würzen

Tomaten-Estragon-Jus
2 kg Entenknochen
2 Zwiebeln
1 Karotte
½ Knollensellerie
0,5l Rotwein (trocken)
2 Lorbeerblätter
1TL Pfefferkörner
12 Kirschtomaten
2 Zweige Estragon
Etwas Butter und Maisstärke zum Binden der Sauce

Wildkräutersalat mit Limonenolivenöl
250 g Wildkräuter
0,2l kaltgepresstes Limonenolivenöl
5cl weißer Balsamicoessig
1 Schalotte
Salz, Pfeffer, Zucker

Gebackenes Kartoffelpüree
4 Frühlingsrollenteigblätter
500 g mehlig kochende Kartoffeln
0,1l Sahne
50 g Butter, in Würfel geschnitten
2 Eiweiß
Salz, Muskat
1l Sonnenblumenöl zum Frittieren

Zubereitung

Entenbraten
Enten mit Salz und Pfeffer würzen und bei 140°C Umluft ca. 11/2 Std. im Ofen braten. Enten aus dem Ofen nehmen und den Backofen auf 235°C Umluft vorheizen. Die Enten wieder in den Ofen legen und für ca. 30min goldbraun knusprig braten.

Sauce
Die Knochen in heißem Fett mit dem Gemüse dunkelbraun rösten, mit Rotwein ablöschen, Pfefferkörner, Lorbeer und etwas Salz dazugeben und mit 2l Wasser auffüllen, ca. 4 Std bei kleiner Flamme köcheln lassen. Fond durch ein Tuch passieren und auf 0,3l langsam reduzieren. Sauce mit Maisstärke und etwas Butter binden. Kirschtomaten vierteln und entkernen, Estragon grob hacken.
Tomaten und Estragon zur Soße geben und mit etwas Salz und Rotwein abschmecken.

Wildkräutersalat mit Limonenolivenöl
Essig mit Zucker , Salz und Pfeffer in einer Schüssel verrühren, bis sich der Zucker aufgelöst hat, dann das Limonenolivenöl unter ständigem Rühren hinzugeben, so dass ein leicht gebundenes Dressing entsteht.
Schalotte in feine Würfel schneiden, zum Dressing dazugeben, kurz vor dem Anrichten den Salat mit dem Dressing marinieren.

Gebackenes Kartoffelpüree
Kartoffeln schälen und mit etwas Salz gar kochen. Die flüssige Sahne mit etwas Muskat erhitzen. Die Kartoffeln durch eine Kartoffelpresse drücken, dann die Sahne und Butter unter die Kartoffeln rühren. Püree abkühlen lassen. Kartoffelpüree zu einer Rolle formen und auf den Frühlingsrollenteig legen. Dann die Seiten mit dem Eiweiß bestreichen und von den Seiten zuerst zusammenklappen und aufrollen.
In 180°C heißem Fett backen.

KLEVE

Gut Kleve

Ein Park, wie man ihn sich wünscht: Uralte Bäume, üppige Blumenbeete, prächtige Hecken. Eine märchenhaft verwunschene Atmosphäre, ein Areal, das zum Verweilen einlädt – und zum Genießen. Ziel und Mittelpunkt der ehemaligen Gutsanlage ist ein roter Backsteinbau mit markantem Turm und stattlichen Halbrundfenstern. In diesem herrschaftlichen Jugendstilgebäude wird seit vielen Jahren eine zuverlässige, ambitionierte Küche geboten.

Patronin Dörte Groth-Beckmann sorgt nicht nur in den großzügig charmanten Gästezimmern für eine Wohlfühlatmosphäre, auch auf die Küche und ihre Qualität hat sie einen kenntnisreichen Blick. In der Küche verlässt sie sich auf Malte Hahn, der das anspruchsvolle Speiseangebot auf Gut Kleve kreativ und zuverlässig umzusetzen versteht.

Die zauberhafte Lage des Herrenhauses, der Park, die eigenen Gärten darin sind natürlicher Quell für Inspirationen und Zutaten. Hier blüht der Flieder, gibt es viele Obstbäume, reichlich Kräuter und Gemüse. Die eigene Jagd und die beliebten Klever Enten ergänzen den Speiseplan. Was dem Haus fehlt, bieten die benachbarten Landwirte. Für die Küche ein Angebot, das zu überzeugend unkomplizierten, aber sehr schmackhaften Regionalgerichten führt. Der Blick vom Teller in den Park rundet das Genusserlebnis ab, lässt Ruhe aufkommen, ja, das wohlige Gefühl von Zeitlosigkeit.

Fliederbeersuppe

Zutaten

pro Personen

100 ml Fliederbeersaft
50 ml Apfelsaft
20 g Zucker
½ Apfel
Zimtstange und Vanilleschote
1TL Zitronensaft
1 Msp. Zitronenschale abgerieben
2 Blatt Gelatine

Zubereitung

Apfelsaft und Fliederbeersaft mit dem Zucker aufkochen, die Zimtstange und Vanilleschote hinzugeben, den Apfel reiben und kurz mitkochen.
Die Gelatine einweichen und in der heißen Suppe auflösen. Dann die Flüssigkeit durch ein feines Sieb geben, mit Zitronensaft und Zitronenabrieb abschmecken.
Die Kaltschale etwa 2 Std. kaltstellen.

Hauck

IM HERRENHAUS STOCKELSDORF

„Hier kann man südländische Feste feiern", schwärmt Thorsten Hauck beim Blick auf den prächtigen Park, der sich auf der Rückseite seines Herrenhauses als gepflegtes, weitläufiges Areal erstreckt. Vor wenigen Jahren übernahm der engagierte Gastronom mit seiner Frau Cornelia das herrschaftliche Anwesen, um in den feudalen Räumen ein Restaurant zu betreiben, das mit mediterran inspirierter Regional-Küche Leben in die bis dahin in einen Dornröschenschlaf gefallenen Prachtgebäude bringen sollte.

Heute gehört der aufs Feinste restaurierte Backsteinbau zu den besten und reizvollsten Speise-Adressen in Lübeck und Umgebung. Die großzügige Terrasse auf der Parkseite des 1761 als Residenz des Fayencen-Herstellers Georg Nikolaus Lübbers errichteten Herrenhauses ist in der warmen Jahreszeit sicher mit ein Grund, hier einzukehren.

Auf dem Gutsgelände des Herrenhauses Stockelsdorf wurde von Lübbers im Jahr 1772 eine Fayencen-Manufaktur gegründet. Die qualitätsvollen Arbeiten der Stockelsdorfer Fayencemanufaktur sind teilweise heute noch erhalten und im St.-Annen-Kloster wie im Behnhaus in Lübeck ausgestellt. Ein paar der seltenen Schmuckstücke sind auch im Stockelsdorfer Herrenhaus zu bewundern.

Viele Gründe also, dieses Restaurant und seinen prächtigen Park zu besuchen.

Spaghettinis mit Scampis
UND JAKOBSMUSCHELN

Zutaten
für 4 Personen

12 Jakobsmuscheln, küchenfertig
8 Scampis
80 g Calamaretti, küchenfertig
280 g Spaghettinis
2 Schalotten
1 Knoblauchzehe
80 g Rucola
200 g Fischfond
je 8 Kirschtomaten (rot und gelb)
Rosmarin, Thymian, Meersalz, Pfeffer, Olivenöl, Muskat

Zubereitung

Spaghettinis in reichlich Salzwasser al dente kochen, Scampis putzen, aus den Schalen brechen, entdarmen, Rucola waschen, klein schneiden, Kirschtomaten waschen und vierteln, Schalotten und Knoblauch putzen und in feine Würfel schneiden.
Pfanne mit Olivenöl erhitzen, Schalotten und Knoblauch glasig schwitzen, etwas Brühe hinzufügen.
Spaghettinis hinzugeben, mit etwas Muskat und Salz würzen, in einer anderen Pfanne mit Olivenöl Jakobsmuscheln, Calamarettis und Scampis mit den Kräutern (Rosmarin, Thymian) glasig braten.
Rucola und Kirschtomaten zu den warmen Spaghettinis geben, alles einmal durchmischen, mit Salz und Pfeffer abschmecken.
Spaghettinis auf den Teller geben und die Meeresfrüchte anlegen.

Heinsen's ELLERBEK

Schon der prächtige Villenbau wirkt einladend und nobel. Die großzügige Terrasse mit ihrer üppigen Blumenpracht und den Schatten spendenden Bäumen lassen kaum jemanden am „Heinsen's" vorbeifahren.
Das Mitte der 1990-Jahre aufwendig und stilvoll restaurierte Restaurant überzeugt nicht nur durch Ambiente und historischen Charme, es weiß auch mit einer Küche zu punkten, die sich unter anderem aus dem eigenen Kräutergarten bedient. Die Nähe zu Obstplantagen und engagierten landwirtschaftlichen Betrieben im Kreis Pinneberg sind für die Küchenbrigade wichtige Einkaufsquellen. Hier bekommen sie die Produkte für ihre frische regionale Küche.
Das „Heinsen's" verwöhnt seine Gäste mit unkomplizierten Gerichten, die gern auch mal etwas mediterran beeinflusst sind, aber zumeist ihre Wurzel in der schleswig-holsteinischen Küchentradition haben.
Mit Ulrike Carstensen hat das „Heinsens" eine Patronin, die ein Auge auf Küche und Ambiente, aber auch ein ausgeprägtes Gefühl für die Atmosphäre in ihrer Villa hat. Mit diesem Gespür wurde aus dem „Heinsen's" ein gemütlich elegantes Haus, in dem sich moderne Lichtobjekte, antike Elemente und eine gepflegte Rustikalität zu einem gelungenen Stil vereinen.

Spargel im Blätterteig

Zutaten
für 4 Personen

500 g Blätterteig (TK-Ware ist gut, denn der Teig ist sehr aufwendig in der Herstellung)

12 Stangen geschälter Spargel
½ Zitrone
5 Eigelb
200 g Butter
Weißwein
Wasser
Salz, Pfeffer und Muskat
verschiedene Kräuter: Kerbel, Estragon, Petersilie, Schnittlauch, Kresse

Für die Sauce
4 Eigelb
2 EL Weißwein
3 EL Wasser
200 g flüssige Butter
Salz, Pfeffer, Muskat, Spritzer Zitronensaft, Kerbel, Estragon,
Petersilie, Schnittlauch, Kresse

Zubereitung

Zweimal je drei Teigflächen des Blätterteigs übereinander legen und in 4 gleich große Dreiecke schneiden, mit Ei und Wasser einpinseln, würzen und nach Packungsanleitung backen.

Spargel in Wasser mit Zucker, Salz, Zitrone und etwas Butter 10-12 min. bissfest kochen.

Eigelb mit Wasser, Wein und Gewürzen auf dem Wasserbad cremig dick aufschlagen, Butter nach und nach tropfenweise in das Ei geben. Kräuter unterheben und abschmecken.

Blätterteig aufschneiden, den Spargel auf die Unterhälfte legen, die Sauce darüber geben. Deckel darauf legen und nach Belieben mit mariniertem Blatt-Salat garnieren.

Jagdhaus Waldfrieden

QUICKBORN

Den Fuß etwas vom Gas nehmen, bevor man die Bundesstraße verlässt, denn man muss scharf abbiegen, um auf das weitläufige Areal zu gelangen, das „Waldfrieden" verspricht.

Doch kaum hat man die Einfahrt mit den leicht geschwungenen weißen Mauern passiert, empfängt den Gast eine andere, eine zauberhafte Parkanlage. „Jagdhaus Waldfrieden" – schon der Name klingt wie aus ferner Zeit, verheißt Idylle, aristokratisches Flair und Romantik. Ein Park mit prächtigen alten Bäumen, üppigen Rhododendren, blühenden Beeten und großzügigen Rasenflächen lassen die gerade verlassene Bundesstraße sofort vergessen.

Ein Landsitz mit einigen Gebäuden, deren Mittelpunkt das villenartige Jagdhaus von 1906 bildet. Das Turmhaus gleicht einem kleinen Schlösschen, der sehr viel später angebaute Wintergarten fügt sich stilvoll in die historische Architektur. Elegant, verspielt und sehr romantisch präsentieren sich die Villenräume. Edle Antiquitäten, alte Gemälde und hochwertige Stoffe geben den Restauranträumen die Atmosphäre, die einladend wirkt und sofort entspannen lässt. Romantik pur!

Patron dieser zeitlosen Idylle ist Siegmund Baierle, der seit über zwei Jahrzehnten das Ambiente und die Küchenansprüche prägt. Aus der Küche des Jagdhauses darf man kulinarische Genüsse erwarten, die selbst anspruchsvollen Essern Glückgefühle bescheren. Thomas Lubig versteht es, Fisch-, Fleisch- und Wildgerichte als handwerklich saubere Kreationen zu servieren. Als Lieferanten für seine vorwiegend regionalen Rezepte bevorzugt der Küchenmeister die Anbieter aus der nahen Umgebung – wenn die Qualität stimmt.

Auf den unverkünstelten, aber sehr appetitlich angerichteten Teller legt Lubig nur erste Wahl. Und das schmeckt man bei jedem Bissen!

Wer so wie der Wahl-Schleswig-Holsteiner (Lubig kommt aus München) mitten in der Natur arbeiten darf, weiß um die Kräuter und Früchte aus seinem Garten, setzt sie gezielt und genussverstärkend ein.

Der Blick in den prächtigen Park verkürzt nicht nur die Wartezeit zwischen den Gängen – er führt auch vor Augen, wie naturverbunden dieses Schlösschen und seine Betreiber sind. Den Namen „Waldfrieden" versteht man schon nach wenigen Minuten auf dem Gelände – wie sollte es auch sonst heißen?

Mariniertes Spanferkeleisbein

Zutaten
für 4 Personen

4 Spanferkeleisbeine (Eb)

Marinade
1 l kaltes Wasser
40 g Pökelsalz
30 g Zucker
100 g Tafelessig
½ EL Pfefferkörner
½ EL Wacholderbeeren
7-10 Gewürznelken
2 Lorbeerblätter
10 g Speisesalz
100 g Zwiebeln
100 g Karotten
60 g Staudensellerie

Vinaigrette
100 ml Apfelessig
50 g Honig
5 g Salz
120 g gutes Speiseöl (Mazola oder Livio)
80 g Walnussöl

Kräuter
1 TL Petersilie, gehackt
1 TL Schnittlauch, geschnitten
1 TL Kerbel und Estragon, gemischt und gehackt
1 TL Basilikum, geschnitten

Zubereitung

Spanferkeleisbeine in der Marinade 1 Woche einlegen. Nach einer Woche die Eb herausnehmen, das Gemüse und die Gewürze heraussieben und zusammen mit den Eb mit frischem Wasser knapp bedeckt aufsetzen . Das Wasser mit Salz, Zucker und Essig abschmecken. Die Eb aufkochen, den Fond vorsichtig abschäumen und ca 60 Minuten köcheln lassen. Wenn das Fleisch durchgehend weich ist, herausnehmen und vorsichtig vom Knochen lösen, das Fett entfernen und grob zerteilen. Etwas Fond passieren und beiseite stellen. Eine Terrinenform oder eine Schüssel mit Klarsichtfolie auskleiden. Das Fleisch gleichmäßig in die Form schichten und immer etwas von dem Fond angießen. Die Folie über dem Fleisch schließen und das Ganze beschweren, damit das Fleisch zusammengepresst wird .Vorsicht: etwas unterstellen, da etwas Fond austreten kann.

Anrichten

Eisbein stürzen und in dünne Scheiben schneiden. Auf dem Teller verteilen und im Ofen leicht erwärmen. Die Kräuter in das Glas mit dem Dressing geben und noch mal kräftig schütteln. Vor dem Servieren über das warme Eisbein geben und mit der Mühle leicht pfeffern. Mit den Kräutern garnieren und servieren.

Jan's Restaurant

ST. PETER-ORDING

Jan Timm gehört seit vielen Jahren zu den ersten Adressen, wenn man in St.Peter-Ording eine bodenständige Küche mit Anspruch sucht.
In seinem neuen loungeartigen Restaurant beweist er mit jedem Teller, dass gute Küche ihre Wurzeln in der Region hat. Kräuter – aus seinem Garten – und ausgewählte Produkte von Landwirten, Fischern und Metzgereien aus der unmittelbaren Umgebung bestimmen weitgehend den Speiseplan in „Jan's Restaurant".
Die idyllische Lage am unmittelbaren Rande des Waldes, die üppigen Rosenhecken und die einladende Terrasse machen den aufwendig in Stand gesetzten, stattlichen ehemaligen Hof zu einem Erlebnis für alle, die es naturnah und erholsam lieben, aber auch ein frisches modernes Ambiente in Kombination mit den historischen Gegebenheiten schätzen.
Fisch und Lamm gehören zu den Dingen, die Jan Timm am liebsten zubereitet. Kräuter spielen in beiden Fällen eine Geschmack gebende Rolle. Frische ist bei allem, was in „Jan's Restaurant" auf dem Tisch kommt, das oberste Gebot. Timms gut nachkochbare Gerichte werden unter seiner Hand zu sauber und perfekt gekochten Köstlichkeiten, die leicht und doch bodenständig zubereitet werden.
Im Schatten des Waldes und im Schutz der blühenden Hecken genießt man in „Jan's Restaurant" regionale Kost, bei der man schmeckt, dass der Küchenchef ein Händchen für seine Kräuter und die anderen Früchte des Gartens hat.

Nordseekrabben - Lachstatar

MIT ZITRONEN- THYMIAN UND LIMETTEN-CRÈME-FRAÎCHE

Zutaten
für 4 Personen

200 g Nordseekrabben
200 g frischer Lachs
1 Bund Zitronen – Thymian
Rosa Beeren
Fleur de Sel
1 Becher Crème fraîche
Saft einer Limette
2 Esslöffel Milch
Prise Zucker

Zubereitung

Den in kleine Würfel geschnittenen Lachs und die Krabben miteinander vermengen, die gezupften Thymianblätter und die leicht angedrückten Rosa Beeren dazugeben, mit dem Fleur de Sel abschmecken und durchrühren.
Crème fraîche mit der Milch und dem Saft der Limette verrühren, mit Zucker und Salz abschmecken.

Das Tatar als kleines halbkugelartiges Häufchen auf einem Teller anrichten, die Limetten-Crème mit einem Esslöffel um das Tatar legen und mit einer Thymianblüte garnieren.

Dazu reicht man Kräuter-Roggenbrot oder Vollkornbrot – besonders lecker ist es leicht geröstet.

Jörg Müller

WESTERLAND/SYLT

Kräuter, ihr Aroma, ihre Würze schätzt Jörg Müller über alles. Die Küche des legendären Sylter Kochkünstlers verdankt den Kräutern viele seiner unter Feinschmeckern vergötterten Kreationen. Müllers Kräutergarten ist nicht riesig, aber mit Bedacht und Kenntnis angelegt.

Ohnehin hat Jörg Müller, der in den Jahrzehnten seiner Karriere maßgeblich an der Entwicklung der „Neuen deutschen Küche" und dem kulinarischen Wunder Deutschlands beteiligt war, immer das Prinzip des „Weniger ist mehr" befolgt.

Als großer Klassiker gefeiert, dem jeder Showeffekt auf dem Teller fremd ist, weiß Müller ganz genau, wie ein Gericht sein soll, damit es in allen Nuancen perfekt ist – und vor allem ein unvergessliches Geschmackserlebnis wird. Auch ein Grund, weshalb viele Köche, die heute selbst einen guten Namen haben, gern in seinem „Restaurant Jörg Müller" gelernt und gearbeitet haben. Das hübsche reetgedeckte Friesenhaus mit dem ländlich-gemütlichen Pesel, den eleganten Räumen des Gourmetrestaurants und der stilvollen Bar bietet ein Küchenprogramm von bodenständig regionaler Kost bis zu ausgezirkelten Feinschmecker-Menüs, die Müllers deutschlandweiten Ruf als Spitzenkoch begründet haben.

Jörg Müller und seine Frau Barbara haben mit dem Restaurant und ihrem Hotel – gebaut in der Bäder-Stil-Architektur des 19. Jahrhunderts – eine exklusive, mit viel Grün ausgestattete Anlage für Entspannung suchende Genießer geschaffen.

Rosmarin-Krokantparfait

Zutaten

für 4 Personen

Für das Krokant

ca. 100 g Zucker

1 Zweig Rosmarin

Parfaitmasse

6 Eigelb

100 g Zucker

½ Vanilleschote

500 g Sahne

Zubereitung

Den Zucker in einem Topf auf mittlerer Flamme hellbraun schmelzen.
Die Rosmarinnadeln vom Zweig abzupfen und fein hacken. Zu dem geschmolzenen Zucker geben und etwas verrühren. Danach auf ein Backpapier schütten und nach dem Erkalten mittels eines Wellholzes in kleine Stücke brechen.

Das Eigelb mit dem Zucker und dem Mark der Vanilleschote in eine Schüssel geben und über einem kochenden Wasserbad verrühren, vom Wasserbad nehmen und anschließend mit einem Rührgerät schaumig schlagen.
Unter die Masse zuerst das Krokant und dann die geschlagene Sahne unterziehen.

Die fertige Masse in eine mit Folie ausgelegte Form füllen und für mehrere Stunden in das Eisfach stellen.

Anrichten

Das gefrorene Parfait in kleine Blöcke schneiden und zum Beispiel mit Früchten servieren. Wer es aufwendiger mag, der kann die Blöcke mit weiteren Beigaben, wie zum Beispiel Rosmarin-Schokopralinen und eingelegten Beerenfrüchten, als Dessertvariation servieren.

Landhaus Hamberge

Ein idyllisch gelegener, von viel Natur umgebener Landgasthof erwartet hier den Gast. Die üppig begrünte Terrasse, das stilvoll-ländlich-elegante Ambiente, der Kräutergarten und die Blumenpracht lassen schon ahnen, dass hier ambitioniert gekocht wird.
Für die Wohlfühlatmosphäre ist Cornelia Hauck verantwortlich, für die kulinarischen Genüsse ihr Ehemann Thorsten Hauck. Das Gastgeber-Ehepaar will bodenständigen Genuss. Hier wird nicht mit Edelprodukten und Chi-Chi Eindruck gemacht, sondern mit dem Besten, was die Landwirte, Gärtner, Züchter und Fischer der näheren Umgebung liefern können.
So entsteht eine schmackhafte Regionalküche. Abwechslungsreich wie das Angebot der Küche ist auch die Tischkultur des Landhauses, denn die Gastgeberin versteht es immer wieder, mit frischen Ideen zu überraschen.

Sommerliche Blattsalate

MIT TRANCHEN VON DER BARBARIE ENTENBRUST

Zutaten

für 4 Personen

4 Barbarie Entenbrüste
60 g Lollo Rosso
60 g Lollo Bionda / Rucola
40 g Frisee
30 g Feldsalat
1 Salatgurke
6 Radieschen
Je ½ Paprika, rot+gelb+grün
1 Karotte
Je 4 Kirschtomaten, rot + gelb

Dressing

150 ml Olivenöl und reines Pflanzenöl
50 ml Balsamico-Essig, dunkel
Je 1 Zweig Kräuter Rosmarin, Thymian,
Knoblauch (1/2 Zehe)
Salz, Pfeffer, Zucker

Zubereitung

Salat putzen, anschließend waschen, trockenschleudern, kleinzupfen.
Gemüse waschen, putzen,
Gurke schälen und entkernen, in kleine Würfel schneiden.
Kräuter mit dem Wiegemesser ganz fein hacken,
Öle und Essig mit den anderen Zutaten zum Dressing vermengen.
Entenbrüste, von Sehnen und Fett befreit, in einer heißen Pfanne mit wenig Fett von beiden Seiten scharf anbraten, Hautseite sollte kross sein.
anschließend im vorgeheizten Backofen bei 160 Grad etwa 20 Minuten weitergaren und warmstellen (ruhen lassen),
währenddessen werden alle Zutaten für den Salat in eine Schüssel gegeben und mit Dressing durchmischt.
Salat auf großen Tellern anrichten,
jeweils eine Entenbrust aufschneiden und (dekorativ) auf dem Salatbett verteilen.

Landhaus Stricker

TINNUM/SYLT

Wie sonnig, locker und genussvoll Sylt ist, kann man überzeugend im Landhaus Stricker erleben. Das liegt nicht nur an dem elegant-frischen Ambiente des jungen, luxuriösen Hotels und seinem charmanten Restaurant im 1748 erbauten Ursprungshaus. Zu verdanken ist die sonnige Atmosphäre vor allem dem Gastgeber-Ehepaar Bodendorf.
Während Kerstin Bodendorf sich mit viel Charme und Professionalität um das Wellness-Hotel und seine Gäste kümmert, kreiert Holger Bodendorf kulinarische Highlights mit Bodenkontakt. Denn bei allem Anspruch will der Sternekoch nicht abheben, sondern vor allem eines: Eine schmackhafte Regionalküche. Dass die auch viele mediterrane Einflüsse hat, ist kein Widerspruch, lebt diese Küche doch von Kräutern, frischen Produkten und einer Zubereitungsart, die darauf aus ist, möglichst leichte, sehr bekömmliche Gerichte zu servieren.
Wenn die Bodendorf-Kreationen dann auch noch auf der sonnigen Terrasse des Landhauses genossen werden können, liegt Sylt plötzlich am Mittelmeer.

Steinbutt

AUF BRANDADE VON MARINIERTEM SCHWEINEBAUCH, KAPERN UND ESTRAGONFOND

Zutaten
für 4 Personen

4 Steinbuttfilets à 80 g
400 g Schweinebauch

Marinade
1 Sternanis
1 TL Pfeffer, schwarz
1 TL Fenchelsaat
50 g Meersalz
1 Knoblauchzehe
Je 2 Zweige Thymian, Rosmarin

Gemüse:
1 Karotte
½ Knolle Sellerie
1 Zwiebel
1 Stange Lauch
2 Lorbeerblätter
2 Nelken

Brandade
300 g La Ratte Kartoffeln
Kümmel
40 g kleine Kapern
100 g Butter
2 Schalotten, fein gewürfelt und hellbraun angeschwitzt
Meersalz, schwarzer Pfeffer aus der Mühle

Zubereitung

Jede Seite des in zwei Teile geschnittenen Schweinebauchs mit dem Salz und den Gewürzen bedecken, die Seiten zusammenklappen, den Schweinebauch fest in einen Beutel (Gefrierbeutel) packen und 48 Stunden im Kühlschrank marinieren.
Dann die Gewürze mit Wasser abspülen und mit dem Gemüse, Lorbeer und Nelken ca. 3 Stunden leicht kochen lassen. Herausnehmen und kaltstellen. Nach dem Erkalten den Schweinebauch in ca. 1 cm dicke Scheiben schneiden. Acht Scheiben auf ca. 5 cm kürzen, den Rest würfeln.
Die Kartoffeln mit etwas Kümmel garkochen, pellen und heiß mit einer Gabel zerdrücken. Die Butter, die fein geschnittenen Kapern, Schalotten und den gewürfelten Schweinebauch dazugeben. Würzen mit Salz und Pfeffer, abschmecken mit etwas Estragon.
Den Fond aufkochen, mit Butter und Olivenöl binden. Nach Geschmack den fein geschnittenen Estragon hinzufügen.
Den Steinbutt und die Schweinebauchscheiben würzen und in Olivenöl braten.
Anrichten: Die Brandade in einen kleinen Ring einsetzen und in die Mitte eines tiefen Tellers geben. Darauf den Steinbutt und den Schweinebauch setzen und den Fond angießen.

Sauce
100 g Kalbsfond
30 g Butter
60 ml fruchtiges Olivenöl
Estragon

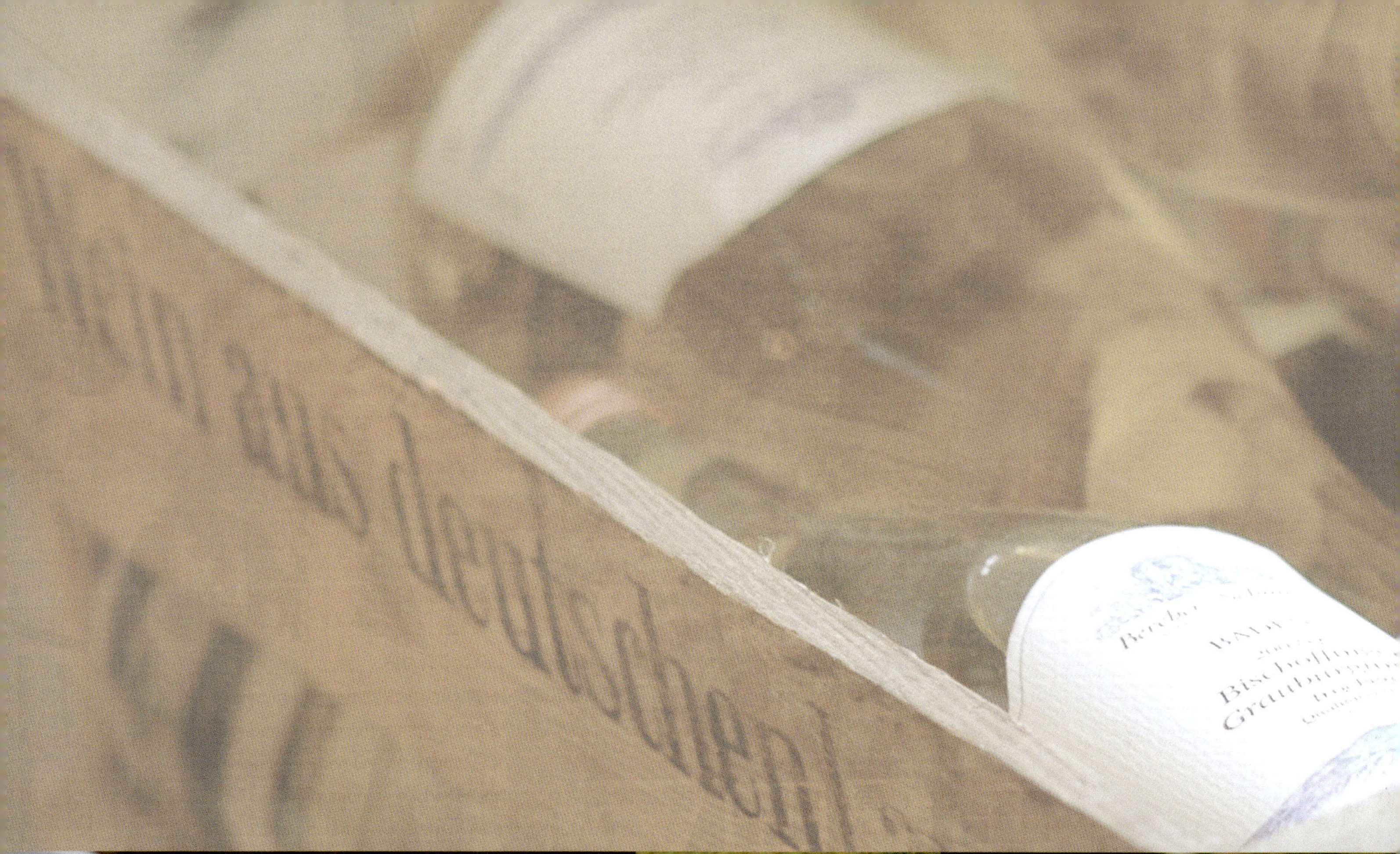
aus deutschen

UND
LUV
GÄSTEH

Luv und Lee

SCHWARTBUCK

Der ungewöhnliche Name des Hauses verweist auf seine Nähe zum Wasser, genauer gesagt zur Ostsee, die zum Segeln einlädt. Und Segler wissen natürlich genau, dass Luv die dem Wind zugekehrte und Lee die dem Wind abgekehrte Seite bedeutet. Das gastliche Haus der Familie Schönzart lockt aber nicht nur Segler, sondern Menschen, die gern abseits städtischer Hektik in der Natur die Ruhe genießen und unvergleichliche Eindrücke sammeln wollen.

So sitzt man im Restaurant der Ferienanlage entweder direkt in dem herrlichen Garten oder schaut von den gemütlichen Räumen des Landgasthofes in die sorgsam angelegte Pracht aus Obstbäumen, Blumen-, Kräuter- und Gemüsebeeten.

Küchenchef Michael Kißler wird von Restaurantführern für seine regionale Küche und ihren kreativen, gekonnten Mix mit mediterranen Rezepturen gelobt. Klar, dass Kißler für seine Kreationen nur frische und vorwiegend regionale Produkte verwendet. Das schmeckt man dann auch.

Gebratene Edelmaräne

AUF NOILLY-PRAT-SCHAUM MIT GARTENKRÄUTERN UND BUNTEM GEMÜSE

Zutaten
für 4 Personen

4 Filets von der Edelmaräne (je 250 g)
Je 500 g Möhren, Zucchini und Kohlrabi
1 Bund Frühlingslauch
Je ein Zweig Thymian, Dill, Rosmarin, Petersilie, Minze und Gurkenkraut
200 ml Sahne,
4 cl Noilly Prat (französischer Wermut)
200 ml Fischfond

Zubereitung

Die Filets auf der Hautseite leicht einschneiden und mit Zitronensaft und Salz würzen. Kurz vor dem Anrichten in der Pfanne mit Olivenöl auf der Hautseite braten.

Möhren, Zucchini und Kohlrabi tournieren und mit Frühlingslauch blanchieren.
Butter kurz vor dem Anrichten in der Pfanne erhitzen, Gemüse hinzugeben und mit Salz und Zucker würzen. Kräuter (Thymianzweige, etwas Dill, Rosmarin, Petersilie, Minze und Gurkenkraut) nach Lust und Laune hinzugeben und anschwenken.

Für die Sauce Sahne, Noilly Prat und Fischfond auf etwa 2/3 einkochen, mit Salz und Pfeffer würzen und kurz vor dem Anrichten aufschäumen.

Als Beilage eignen sich dazu Schmetterlingsnudeln (al dente) oder junge, kleine Gartenkartoffeln.

de Werth de süpt dat Beste
segt prost mien leiwen Gäste

Ole Liese

GUT PANKER

Wer das erste Mal auf das Gelände von Gut Panker fährt, dem geht das Herz auf. Vorbei an dem schlossartigen weißen Herrenhaus der Adelsfamilie von Hessen mit seinem penibel gepflegten Barockgarten, den Pferdewiesen, dem beeindruckenden Torhaus und der schmucken alten Schlosskapelle führt der Weg zur „Ole Liese". Alles auf dieser Gutsanlage atmet den Geist der Geschichte und wirkt dank der steten Renovierungsarbeiten doch frisch und einladend.

Im Schatten mächtiger alter Bäume präsentiert sich der historische Gasthof, dessen Name an das Lieblingsreitpferd des Fürsten Hessenstein erinnert. Die Legende erzählt, dass Ende des 18. Jahrhunderts der Kröger das Pferd des Fürsten pflegte und dafür die Erlaubnis bekam, Branntwein auszuschenken. Heute ist die „Ole Liese" weithin als romantisches Landhotel mit herausragender Küche bekannt.

Die Patrons des Hauses, Birthe und Oliver Domnick, haben mit ihrem Küchenchef Richard Kahl einen Mann gewonnen, der internationale Erfahrung aus der Top-Gastronomie mitbringt, sich aber vor allem der regionalen Küche verpflichtet fühlt. Eine Küche, die in dieser naturhaften Umgebung wie selbstverständlich wirkt. Klar, dass Kahl viele seiner Produkte direkt vom Hof oder von nahe gelegenen Bauernhöfen bezieht.

Wer einmal den besonderen Charme von Gut Panker und die Genüsse der „Ole Liese" kennen gelernt hat, wird sicher wiederkommen. Und auch dann geht einem wieder das Herz auf.

Hausgebeizte Meeräsche

AUF KRÄUTER-FRISEE- SALAT MIT KNUSPER-CANNELLONI

Zutaten
für 4 Personen

2 geschuppte Meeräschenfilets
(je ca. 400 g)
4 EL grobes Meersalz
½ TL Zucker
1 EL Korianderkörner
1 TL weiße Pfefferkörner
1 EL gehackte Petersilie
4 EL Olivenöl
Schale von einer Orange und einer Zitrone, fein geschnitten

Kräuter- Frisee- Salat
1 Kopf gelber, feiner Frisee
1 Bund Kerbel
1 Bund Blattpetersilie
1 Bund Koriander
Salz, Pfeffer, Olivenöl und Champagneressig.

Knusper- Cannelloni
100 g feine Karottenstreifen
100 g feine Selleriestreifen
100 g feine Lauchstreifen
4 Scheiben 21 x 21 cm großer Frühlingsrollenteig
100 ml Sojasauce
Salz und Pfeffer

Zubereitung

Die Fischfilets unter fließendem kalten Wasser kurz abspülen und anschließend trockentupfen. Salz, Zucker, Pfeffer- und Korianderkörner im Mörser zerstoßen. Die Fischfilets mit der Hautseite nach unten in eine ausreichend große Form legen. Salzmischung, Petersilie, Olivenöl und die Orangen- und Zitronenschale auf dem Fisch gleichmäßig verteilen. Mit Klarsichtfolie abdecken und etwa 2 Tage im Kühlschrank marinieren lassen.

Kräuter-Frisee-Salat
Den Frisee waschen und trockenschleudern. Kerbel, Petersilie und Koriander fein zupfen und mit dem Frisee vermischen. Aus dem Olivenöl, Champagneressig, Salz und Pfeffer eine Vinaigrette anrühren und den Salat marinieren.

Knusper-Cannelloni
Die Gemüsestreifen in Olivenöl anschwitzen. Mit Salz und Pfeffer würzen, die Sojasauce zugeben und komplett einkochen. Auf ein Sieb gießen und abtropfen lassen. Von den Frühlingsrollenblättern die Ränder mit Eigelb einstreichen, das Gemüse platzieren und einrollen. Die Knusper- Cannelloni in der Friteuse goldgelb ausbacken.

Riesby Krog

RIESEBY

Blumen in Hülle und Fülle, üppige Kräuterbüsche, eine herrliche Terrasse inmitten all der blühenden Pflanzen - und eine Frau, die mit viel Charme und Liebe ihren Landgasthof führt. Maria von Randow versteht es, mit sehr persönlichen und liebevoll ausgesuchten Details ein ländlich-individuelles Ambiente zu schaffen, in dem sich der Gast gleich wohl fühlt. Für Rieseby ein Glück, denn lange Zeit stand der schöne historische Gasthof leer. Maria von Randow belebt ihn nicht nur kulinarisch – auch kulturell bietet sie ein abwechselungsreiches Programm.

In ihrem von außen wunderbar verwunschen, innen aber sehr frisch und hell wirkenden Riesby-Krog weiß Maria von Randow Gerichte zu servieren, die genauso begeistern wie das Ambiente. Die Gastgeberin legt bei ihren Kreationen viel Wert auf Lebensmittel, die möglichst biologisch angebaut sein sollten, aber vor allem aus der unmittelbaren Region stammen sollten. Auch der Riesby-Krog hat sich deshalb dem Verein „Feinheimisch“ angeschlossen. In dem sehr familienfreundlichen Krog stehen nicht nur Kindergerichte auf der Karte – auch Vegetarier finden hier etwas.

Die bodenständige Küche bereichert Maria von Randow mit kreativen Ideen. Sie lässt sich dabei vor allem von den Früchten des Gartens inspirieren. Viele Gründe also, diesen gemütlichen Krog und seine charmante Gastgeberin zu besuchen.

FEINHEIMISCH
Genuss aus Schleswig-Holstein e.V.

„Riesebyer Gemüse-Blüte“

PFANNKUCHEN MIT GEMÜSEFÜLLUNG

Zutaten
für 2 große Portionen

für den Pfannkuchen
100 g Mehl
3 Eier
200 ml Milch
Prise Salz
viele frische Kräuter wie Petersilie, Schnittlauch, Kerbel, fein gehackt

für die Füllung
so viel Gemüse, wie Sie essen mögen und die Jahreszeit zu bieten hat - Möhren, Kohlrabi, Bohnen, Zucchini, Pastinaken, Rote Bete, Rüben, Topinambur, Kohl, nach Belieben auch gehackte Nüsse, Kerne, Sprossen

Zubereitung

Das Gemüse waschen, in relativ gleich große Stücke schneiden und blanchieren. Das Wasser individuell würzen – für Möhren, Rüben etc. z.B. süßlich (um die natürliche Süße zu unterstützen).
Während das Gemüse langsam gart, den Teig anrühren und die fein gehackten Kräuter daruntergeben.
Um die Blüte zum Beispiel rot zu färben, können Sie unter den Teig auch pürierte rote Bete mischen – der Phantasie sind bei diesem verspielten und dann sehr köstlichen Gericht keine Grenzen gesetzt.
Zwei schöne, nicht zu dünne Pfannkuchen braten.
Die Pfannkuchen jeweils über ein umgedrehtes kleines Weckglas (250 ml) auf einem Pizzablech stülpen und bei 180 Grad in den Backofen schieben. So bekommen die Pfannkuchen die „Blütenform“.
Nach ca. 15 Minuten sind sie fest geworden.

Anrichten

Während die Blüte backt, das Gemüse in Butter erhitzen und grob gezupfte frische Kräuter unterheben
Wenn die Blüten „fest“ sind, vorsichtig von den Gläsern nehmen, auf die Teller stellen und das Gemüse einfüllen, etwas Öl darüber gießen, eventuell etwas (Bioland) Schafskäse oder frischen Kräuterquark dazustellen oder ein gutes kalt gepresstes Öl.

1983 - 2008
Schlie Krog
Familie
Schlie Krog

Schlie Krog
SIESEBY

Schöne, interessante Gärten begegnen dem Besucher in Sieseby auf Schritt und Tritt. Das idyllische Dorf direkt an der Schlei mit seinen kleinen, gemütlich wirkenden weißen Reetdach-Katen, den Fischerhütten und dem parkartigen Friedhof an der historischen Kirche des Ortes wirkt wie aus einem anderen Jahrhundert. Vielleicht ist Sieseby deshalb so beliebt bei Ausflüglern, ob zu Wasser oder zu Land. Ein Grund, den beschaulichen Ort, der dem Prinzen zu Schleswig-Holstein gehört, aufzusuchen, ist aber auch der „Schlie-Krog".
Seit über einem Vierteljahrhundert betreiben Renate und Peter Möller den urgemütlichen Landgasthof. Mit seiner frischen regionalen Küche begeistert Möller die Besser-Esser, die von weither den Weg in den Schlie-Krog finden, weil die Küche des Patrons Genüsse auf hohem Niveau zu bieten hat.
Frische Kräuter aus dem eigenen Garten, knackiges Gemüse und Obst, angelfrischer Fisch, Fleisch aus der hiesigen Jagd oder von regionalen Züchtern sind die Zutaten, die Peter Möllers Qualitätskontrolle bestehen müssen. Wenn sie durchkommen, kreiert der Meister in der Küche mit seinem Team schlicht leckere Speisen. Nichts Verspieltes, sondern nordisch klare Tellergerichte, die Gourmets ebenso genießen wie Freunde der bodenständigen Kost. Denn der Meister versteht sein Handwerk!
Renate Möller sorgt mit ihrem herzlichen Service, ihren Blumen-Arrangements und liebevollen Einrichtungsdetails in der hellen, eleganten Gasthausstube genauso für entspannte Wohlfühlatmosphäre wie auf der Terrasse vor dem Haus. Dort sitzt man quasi direkt im romantischen Dorf-Garten – entrückt von Zeit und Hast.

Kalte Erdbeersuppe

MIT HONIG-SÜSSKRAUT UND ERDBEERMELISSE

Zutaten

für 6 Personen

500 g Erdbeeren (reife)
80 g Läuterzucker (Sirup aus Wasser und Zucker, die im Verhältnis 1:1 kurz aufgekocht werden)
1/8 l Rose Sekt
4 cl Cointreau
1 TL Puderzucker
4 Erdbeeren (Deko)
Honigsüßkraut 8 bis 10 kleine Blätter
Erdbeermelisse

Zubereitung

Die gewaschenen, entstielten Erdbeeren mit Läuterzucker, mit dem Sekt, Cointreau und Honigsüßkraut im Mixer pürieren, durch ein feines Sieb geben, abschmecken, in einer Schüssel kaltstellen.
Vor dem Anrichten kurz aufschlagen, weil sich leicht etwas Flüssigkeit absetzt.
Auf einem kalten Teller anrichten, mit den halbierten Erdbeeren und der Erdbeermelisse dekorieren.
Als Einlage kann man fertiges Erdbeereis oder Vanilleeis geben.

Restaurant Seebüll

SEEBÜLL/NOLDEMUSEUM

Die Blumenbilder von Emil Nolde zählen zu den beliebtesten Aquarellen und Gemälden des weltberühmten Expressionisten. Noldes Garten auf dem Areal seines Seebüller Anwesens genießt unter Kunst- und Gartenfreunden einen nahezu legendären Ruf. Ein Besuch der ehemaligen Lebens- und Schaffensstätte des Malers ist für Gartenliebhaber wie für Kunstinteressierte ein Muss. Der Weg ins Nolde-Museum wird seit jüngster Zeit auch kulinarisch zum Genuss. Mit den neuen, architektonisch reizvollen Gebäuden bekam Seebüll auch ein großzügig angelegtes, modernes Restaurant. Im Stil der Bauhaus-Architektur wurde mit viel Glas und einem dunklen Backstein ein Flachdachbau errichtet, in dem fast der gesamte untere Bereich der Gastronomie gehört. Hier zeigt Thomas Friess, wie kunstvoll seine Küche sein kann.

Inspiriert durch den Nolde-Garten, in dem auch zahlreiche Kräuter gedeihen, kreiert Friess eine bodenständig-ländliche Küche, die leicht, kreativ und vielseitig ist. Im Mittelpunkt der Friess-Gerichte stehen oft frische Nordsee-Fische und nordfriesisches Lamm. Modern wie die Architektur und kontrastreich wie die Farben der Nolde-Arbeiten lockt die Seebüll-Küche zunehmend Gäste, die nicht nur die sichtbare Kunst genießen wollen, sondern auch die schmeckbare.

Marinierter Nordfriesischer Deichlammrücken

MIT LAUWARMEM BOHNENSALAT UND KRÄUTERTÖRTCHEN

Zutaten
für 4 Personen

1 Lammrücken, etwa 800 g

Marinade fürs Lamm
2 Knoblauchzehen, fein gehackt
4 zerdrückte Wacholderbeeren
100 ml Olivenöl
Rosmarin, Thymian, Lorbeerblatt
etwas gemahlener Koriander, Cumin und Zimtstange

Kräutertörtchen
4 Stück Blätterteig, rund ausgestochen
100 g Nordfriesischer Hartkäse, fein gerieben
100 g Nordfriesischer Hartkäse, klein gewürfelt
400 ml Creme fraiche
3 große Eier
Salz, Pfeffer, 1 TL brauner Zucker
2 Bund Minze, fein gehackt (Libanon Minze)
1 Zweig Rosmarinnadeln, gehackt
1 Bd Petersilie, gehackt

Zubereitung

Marinade anrühren und Lammrücken darin mind. 1 Tag ziehen lassen.
Dann Ofen auf 180 Grad, den Lammrücken in der Pfanne kurz scharf anbraten, dann für etwa eine 1/3 Stunde in den Ofen schieben. Danach etwas ruhen lassen und als einzelne Koteletts aufschneiden.

Backofen auf 200°C vorheizen. Blätterteig mit hohem runden Ausstecher ausstechen und im Ring belassen. Gewürfelten Käse darauf verteilen.
Alle restlichen Zutaten vermischen und in die Ringe 2/3 gefüllt aufgießen. Nun das Ganze bei 160° C 35-40 Minuten garen.

Pilze, gewaschen, in Olivenöl mit Knoblauch kurz sautieren. Nun die Bohnen zugeben und durchschwenken. Mit Bergbohnenkraut, Salz, Pfeffer würzen.
Dressing zugeben und lauwarm servieren.

Lauwarmer Bohnensalat
400 g Pfifferlinge oder Shii Take Pilze
4 EL Olivenöl
1 Zehe Knoblauch, fein gehackt
Salz und Pfeffer
200 g weiße gegarte Bohnen
100 g rote gegarte Bohnen
200 g grüne Bohnen, gegart

Senfdressing
1 EL körniger Dijonsenf
1 EL feiner Dijonsenf
Apfelessig nach Geschmack
1 EL Zitronensaft
2 EL Bergbohnenkraut, leicht gehackt
4 EL Olivenöl

Seehotel Töpferhaus

ALT DUVENSTEDT

Direkt am Bistensee liegt das Töpferhaus – eine der Adressen, die im Lande einen hervorragenden Ruf genießen. Verdient hat sich das idyllisch gelegene Seehotel dieses Ansehen auch mit seiner einmalig reizvollen Lage. Eingebettet in die sanften Hügel des Naturparks Hüttener Berge, erlebt man hier eine beruhigende Landschaft.

Auf der über mehrere Ebenen sich zum See hin erstreckenden Terrasse oder aus den elegant eingerichteten Restauranträumen des Landhotels genießt man den unverbauten Blick auf den Bistensee und die ihn umgebende Natur. Hier muss das Essen sein wie die Landschaft: Exorbitant.

Mit Matthias Diether konnte das Töpferhaus wieder einen Chef für die Küche gewinnen, der die hohen Ansprüche der Betreiber mehr als einlöst. Diether ist überzeugt von der Qualität der Lebensmittel, die ihm die Region bieten kann, erntet gern in seinem Kräutergarten oder besucht die Landwirte und Fischer, die ihn beliefern. Er will, dass seine Gäste die „Natur schmecken" - egal, ob man sich für die rustikalen Speisen im „Pesel" oder die raffinierten Kreationen im Gourmet-Restaurant des Töpferhauses entscheidet.

Pochiertes Kalbsfilet

IN KRÄUTERN MIT GESCHMORTEM WIRSING, ROSMARIN-GNOCCHIS UND SAUCE RICHE

Zutaten
für 4 Personen

Kalbsfilet
Rund 300 g Kalbsfilet
Je 1 Bund Rosmarin, Thymian, Estragon
1/2 Bund Kerbel
1/2 Bund Petersilie
2 cl. Trüffelöl

Geschmorter Wirsing
300 g Wirsing
100 ml Sahne
Salz, Pfeffer
50 ml Geflügelfond
80 g Butter

Rosmarin-Gnocchis
300 g Kartoffeln
2 Eigelb, 1 Vollei
70-80 g Mehl
1 TL gehackter Rosmarin
Salz, Pfeffer

Babygemüse/Garnitur
4 Baby-Karotten
4 halbierte Baby-Artischocken
4 Steinpilze
40 g Butter

Sauce Riche
200 g Champignons
1 EL gehackte Schalotten
1 Spritzer Cognac
4 cl Champagner
Gänseleber-Abschnitte
200 ml Sahne
200 ml Kalbsfond
300 ml Geflügelfond
50 g kalte Butterwürfel

Zubereitung

Kalbsfilet
Kalbsfilet parieren, in Trüffelöl wenden, mit Salz und Pfeffer würzen und in den gehackten Kräutern wenden.
Erst in Glassicht-Folie und dann in Aluminium Folie fest einrollen. Im Wasserbad bei 80 C. 8-12 min. pochieren. 5 Minuten ruhen lassen.

Geschmorter Wirsing
Wirsing in Butter anschwitzen. Dabei soll er seine schöne grüne Farbe behalten. Mit Geflügelfond ablöschen und um die Hälfte reduzieren, Sahne dazugeben, einkochen lassen und mit Salz und Pfeffer abschmecken.

Rosmarin-Gnocchis
Kartoffeln waschen, in einer feuerfesten Form mit Salz im Ofen bei 180 C garen lassen. Dann die Kartoffeln durch eine Kartoffelpresse drücken, Eigelb und Vollei sowie das Mehl und den Rosmarin schnell unterheben, mit Salz und Pfeffer würzen. Den Teig ruhen lassen, mit Mehl bestäuben und zu Stangen von etwa 3 Zentimeter Durchmesser rollen, von denen dann gleichmäßige Teigstücke schneiden, die über eine Gabel gerollt werden (Rillenmuster) und in siedendem Wasser gar ziehen.

Babygemüse/Garnitur
Baby-Gemüse tournieren, blanchieren und im Eiswasser abschrecken, anschließend in Butter glasieren. Steinpilze mit einem feuchten Tuch putzen, vierteln und sanft anbraten, bis sie goldbraun sind.

Sauce Riche (Reiche Soße)
Die Pilze im Topf kräftig anschwitzen, die Schalotten und die Leberabschnitte dazugeben, mit Cognac flambieren und mit dem Champagner auffüllen, kurz reduzieren lassen. Dann mit der Sahne und den Fonds auffüllen. Etwa 15 bis 20 Minuten köcheln lassen, durch ein Sieb passieren und mit der kalten Butter aufmontieren, mit Salz und Pfeffer abschmecken.

Söl'ring Hof RANTUM/SYLT

Sein Garten sind die Dünen, sein Park die Nordsee. Johannes King, der überzeugte Wahl-Sylter, wuchs als Kind mit Wald und Nutzgarten auf, kennt die Aromen von frischen Kräutern, den Duft von zartem jungen Gemüse und knackigen Früchten. All diese Eindrücke waren es, die ihn Koch werden ließen. Und was für einen!

In seinem prächtig-eleganten Hotel-Restaurant Söl'ring-Hof inmitten der Rantumer Dünen, mit Meer-Blick und Strandzugang kocht King königlich.

Seine unverkrampfte Gastlichkeit und sein schnörkelloser Kochstil haben sein luxuriöses Friesenhaus zu einer der ersten Adressen für Deutschlands Feinschmecker werden lassen. Souverän und lässig zaubert King mit seinem geräuschlos arbeitenden Team in der offenen Nobel-Küche des Söl'ring-Hofs Gerichte von solcher geschmacklichen Nachhaltigkeit, dass man noch Tage später ins Schwärmen gerät.

International erfahren, kennt Johannes King so ziemlich alle Edelprodukte der kulinarischen Welt, doch die Ernten aus seinem Garten und Park sind ihm die liebsten. Die Früchte des Meeres inspirieren ihn dabei ebenso wie bisher weitgehend unbekannte Pflanzen. Er entdeckt immer wieder in der kargen Vegetation seiner sandigen Umgebung interessante Produkte der Natur, wie zum Beispiel den Queller, baut sie in seine Kreationen ein und gibt ihnen so etwas Unverwechselbares – und zwar auf höchstem Niveau!

Gesottenes Hühnchen

MIT GESCHMORTEN KAROTTEN UND PETERSILIENVINAIGRETTE

Zutaten

für 4 Personen

Gesottenes Hühnchen

1 Salzwiesenhuhn à ca. 1 kg (oder ein junges Bauernhuhn)
4 Pimentkörner, Salz
1 TL weiße Pfefferkörner
je 3 EL gewürfelte Karotten, Lauch und Knollensellerie
je 2 EL gewürfelter Fenchel und Staudensellerie
100 g fein gewürfelte Champignons
100 g fein gewürfelte Schalotten
½ Knoblauchzehe
grobes Meersalz
gemahlener Piment
etwas frisch gemahlener weißer Pfeffer
1 Msp. geriebene Zitronenschale

Schmorkarotten

16 Bundmöhren
30 g Butter
1 TL brauner Rohrzucker
40 ml Noilly Prat
grobes Meersalz,
1 kleines Stück Ingwer
1 TL eingelegter grüner Pfeffer
100 ml leichter Gemüsefond

Petersilienvinaigrette

80 ml frisch entsaftete Blattpetersilie
30 ml Apfelessig
30 ml Geflügelfond
30 ml Traubenkernöl
50 ml Rapsöl
gemahlener weißer Pfeffer, Meersalz
etwas Limonensaft, ein Spritzer Tabasco

Zubereitung

Salzwiesenhuhn

Das Salzwiesenhuhn in kaltem Wasser zustellen, schwach salzen. Zum Kochen bringen, dabei den aufsteigenden Schaum abschöpfen. Etwa 90 Minuten bei niedriger Hitze köcheln lassen. Nach 45 Minuten Piment- und Pfefferkörner, Meersalz und geriebene Zitrone sowie gewürfelte Karotten, Lauch, Knollensellerie, Fenchel und Staudensellerie hinzufügen. Am Ende der Garzeit das Huhn herausnehmen, die Haut abziehen, beiseite legen. Das Fleisch auslösen und in mundgerechte Stücke schneiden. Den Fond auf die Hälfte einkochen, durch ein Sieb geben und die Fleischstücke darin aufbewahren.

Schmorkarotten

Butter und Zucker leicht karamellisieren, die Bundmöhren dazugeben und mit Noilly Prat ablöschen. Dann die weiteren Gewürze dazugeben und alles abgedeckt am Herdrand ca. 40 Minuten langsam weichgaren. Danach die Karotten schnell abkühlen.

Petersilienvinaigrette

Die gewaschene Blattpetersilie durch den Entsafter geben und den Petersiliensaft mit Essig, Geflügelfond und den Gewürzen vermengen, dann mit den Ölen vermischen.

Anrichten

Die Fleischstücke in dem einreduzierten Geflügelfond langsam warm werden lassen.
Die Schmorkarotten aus dem Fond nehmen, trockentupfen und in einer Pfanne vorsichtig von allen Seiten ganz leicht anbraten – etwas salzen und pfeffern.
Die Fleischstücke aus dem Fond nehmen und mit den Karotten nebeneinander auf dem Teller anordnen und mit reichlich Petersilienvinaigrette umgießen – die Fleischstücke mit etwas grobem Meersalz und frisch gemahlenem weißen Pfeffer bestreuen.

Tipp

Sehr gut passen dazu auch verschiedene kleine Gemüse, wie Zuckerschoten, Maiskölbchen, Blumenkohlröschen, junge Zwiebelchen und natürlich verschiedene Wildkräutersalate und junge Kräuterblätter.

PLÖN

Stolz

Der Garten ist für Christiane und Robert Stolz mehr als ein romantischer Rückzugsort. Wer von der Terrasse des schmucken Plöner Hotel-Restaurants in den Garten der beiden schaut, erkennt schnell, dass hier Leidenschaft und gärtnerische Kenntnis ein zauberhaftes Kleinod geschaffen haben. Dieselbe Leidenschaft legt das Ehepaar in alle anderen Details ihres schmucken Hauses – und vor allem in die Erzeugnisse der Küche. Im Schatten der Plöner Marktkirche, im ehemaligen Pastorat der hübschen Stadt, verwirklichten die Stolz ihren Traum von einem eigenen Hotel-Restaurant.
Die Patronin lebt ihr Talent für Blumengestecke und ihr Gespür für ein stilvoll-ländliches Ambiente aus, Robert Stolz beweist jeden Tag neu, dass sein Ruf als einer der besten Köche des Nordens nicht von ungefähr kommt.

Der Spitzenkoch sieht sich als engagierter Verfechter einer feinen Regionalküche. Sein Garten liefert für diese kulinarische Richtung einiges, aber mehr noch hält Robert Stolz Ausschau nach Züchtern, Kräutergärtnern und Gemüsebauern seiner Region, die ihn mit herausragenden Qualitäten beliefern können. Deshalb war auch er einer der Gründer des Vereins „Feinheimisch", der schleswig-holsteinische Lebensmittel und regional kochende Küchenmeister zusammenbringen und fördern soll. Wer zu Stolz geht, um dort zu speisen, genießt eine feine, klare norddeutsche Küche, die ihre Raffinesse nicht durch Spielereien zeigt, sondern durch geschmackliche Vielfalt. Gesteigert wird hier jedes Essen durch die charmante Atmosphäre – und natürlich den prächtigen Garten.

Wildkräuter Porridge

MIT SAIBLING UND APFEL

Zutaten
für 4 Personen

400 g Saiblingsfilet
Meersalz
Rohrzucker
Rapsöl

Petersilienpüree
2 Bund glatte Petersilie,
1 Schalotte
15 g Butter
60 g Sahne
60 g Gemüsebrühe
50 g Petersilienwurzel
Meersalz

Porridge
60 g Kamut Weizen
60 g schwarzer Rettich
20 g Butter
200 g Vorzugsmilch (Rohmilch)
20 g zarte Haferflocken
60 g Petersilienpüree
Meersalz

Wildkräutersalat
30 g gemischte Wildkräuter, z.B. Vogelmiere, Sauerampfer, Hirtentäschel, Brunnenkresse, Sauerklee, Scharbockskraut, Löwenzahn, Giersch, Gänseblümchen, Veilchen, Waldmeister
2 EL Rapsöl
1 EL Haselnussöl
2 EL halbierte Haselnüsse

50 g entkernter, geschälter Apfel
Saft ½ Limone
40 g feines Roggenbrot

Zubereitung

Petersilienpüree
Die Petersilie kleinschneiden und blanchieren, gut ausdrücken. Die Schalotte schälen und fein würfeln. Die Petersilienwurzel schälen und in kleine Würfel schneiden. Beides in Butter anschwitzen und mit Sahne und Brühe auffüllen. 15 min. weichkochen, salzen. Die Mischung erkalten lassen und die kalte gekochte Petersilie dazugeben, vermengen. Im Mixer sehr fein pürieren. Das Petersilienpüree kalt stellen.

Das Roggenbrot in dünne Scheiben schneiden und im Ofen bei 110°C trocknen, dann in Stücke brechen.

Porridge
Den Kamut Weizen über Nacht in Wasser einweichen und mit Meersalz ca. 1 std. bei kleiner Flamme kochen. Abgießen.
Den Rettich in Würfel von 0,5 cm schneiden. Den Rettich in Butter anschwitzen, salzen. Mit etwas Mineralwasser ablöschen. In 4 min. ist er gar.
Die Milch und den Weizen dazugeben und aufkochen. Die Haferflocken einstreuen und 1 min. kochen. Am Herdrand 3 min. quellen lassen, 60 g Petersilienpüree zufügen und mit Meersalz abschmecken.

Wildkräutersalat
Blätter putzen, waschen, trockenschleudern. Mit Rapsöl, Haselnussöl und Meersalz anmachen. Mit zerstoßenen Haselnüssen vermengen.
Den Apfel schälen entkernen und in Würfel von 0,5 cm schneiden. Mit Limonensaft vermengen.

Den Fisch in 12 Stücke schneiden. Mit Meersalz, Rohrzucker würzen und mit Öl bestreichen.
Im Ofen bei 80°C 15 min. garen.

Anrichten

In 4 große tiefe Teller je 2 EL Porridge geben, je 3 Stücke Saibling anlegen. Mit dem Wildkräutersalat und den Apfelwürfeln bestreuen. Die Roggenbrotchips hineinstecken. Sofort servieren.

Der Saibling kann auch durch andere Fische ersetzt werden.

Vitalia-Seehotel

BAD SEGEBERG

Wer auf das Haus zufährt, ahnt nichts von dem Charme und dem herrlichen Blick auf den Großen Segeberger See. Doch kaum hat man das großzügige Entree des Seehotels betreten, fällt der Blick auf die riesigen Panoramafenster und die See-Terrasse. Von hier schaut man in die prächtige, parkartige Landschaft rund um den (zu ausgiebigen Spaziergängen einladenden) See.

Für Hoteldirektor Guido Eschholz und sein Team ist diese Logenlage Inspiration und Herausforderung. Eschholz, der sich durch TV-Auftritte einen Namen als Weinexperte und Genießer gemacht hat, legt großen Wert auf eine ambitionierte Regionalküche. Von ihr erwartet er vor allem die Verarbeitung topfrischer Produkte, die sein Haus bei ausgewählten Züchtern, Fischern, Käsemachern, Gemüsebauern und all den anderen Lebensmittelherstellern in Schleswig-Holstein bezieht.

Sein Küchenteam setzt diese Anforderung mit viel Kreativität und Können um. Jeder Teller, der die Küche des Seehotels verlässt, wird so zum Aha-Erlebnis, das von entsprechenden Weinen aus dem gut sortierten Keller des Patrons begleitet wird.

Schnittlauch

Rahmsuppe von Frühlingslauch MIT KRÄUTERN

Zutaten

für 4 Personen

1 Bund Frühlingslauch (4-5 Stangen)
3-4 Schalotten
½ l Gemüse- oder Geflügelbrühe
¼ l Sahne
80 g gekochte Kartoffeln
30 g Butter
geschnittene Kräuter
(Petersilie, Kerbel, Schnittlauch)
Salz, Pfeffer, Muskat
2 Scheiben Toast

Als Einlage eignen sich je nach Geschmack zum Beispiel Nordseekrabben oder Geflügelklößchen.

Zubereitung

Den Frühlingslauch waschen und in Ringe schneiden, hierbei den grünen Teil extra halten. Die Schalotten würfeln und in etwas Butter hell anschwitzen, den weißen Teil vom Lauch dazugeben und kurz mit dünsten, jetzt mit der Geflügel- oder Gemüsebrühe auffüllen, mit Salz, Pfeffer und etwas Muskat würzen und etwa 5 Minuten bei schwacher Hitze köcheln lassen. In der Zwischenzeit die Kräuter waschen und schneiden und die Croûtons zubereiten. Hierfür die Toastscheiben entrinden und in Würfel schneiden, und diese in etwas Butter vorsichtig bräunen.
Zur Bindung die Kartoffeln in die Brühe pressen, einen Teil der Sahne, das Grüne vom Frühlingslauch und die Kräuter dazugeben. Nach kurzem, kräftigen Aufkochen mit einem Stabmixer eine möglichst glatte Suppe pürieren, durch ein Sieb geben und nochmals kurz erwärmen. Probieren, gegebenenfalls nachwürzen und mit geschlagener Sahne, etwas Schnittlauch und den Croûtons anrichten.

Waldschlösschen SCHLESWIG

Schon der Name klingt einladend, obwohl das moderne Hotel kein Schloss ist. Aber in dem lichten Klinkerbau der Familie Behmer direkt am Gottorfer Forst findet man bis in die hochwertig ausgestatteten Tagungsräume eine gewisse Noblesse und Behaglichkeit.

Der Blick auf den Forst, den kleinen See und die Koppeln, auf denen Galloways grasen, betten das Hotel in eine Ruhe ausstrahlende Landschaft.

Nur einen Steinwurf von Schloss Gottorf entfernt, pflegt das Waldschlösschen das kulturelle Erbe der ehemaligen Fürstenresidenz, erinnert mit seinem Restaurant „Olearius" an den großen Gelehrten am Gottorfer Hof.

Küchenchef Andy Philipp weiß sich der naturnahen Lage des Hauses in seiner Küche verpflichtet. Wild aus der eigenen Jagd, Rinder (Galloways) aus der eigenen Zucht, Kräuter aus dem Hausgarten inspirieren den Koch. Ansonsten bestimmen Fischer und Landwirte aus der Region mit ihren Produkten die Frische-Küche des Waldschlösschens.

In Schleswig ist das Traditionshotel mit seinem ambitionierten Restaurant für viele anspruchsvolle Gäste die erste Adresse.

Rehrücken

MIT KRÄUTER-NUSSKRUSTE UND VOGELBEEREN

Zutaten
für 4 Personen

1,6-1,8 kg Rehrücken
100 g Vogelbeeren von Edelebereschen

Nusskruste
100 g weiche Butter, schaumig geschlagen
30 g Walnüsse
20 g Mandeln
20 g Haselnüsse
2 Scheiben geriebener Toast ohne Rinde
2 EL gehackte Kräuter, Glattpetersilie, Thymian, Kresse, Borretsch, Schnittlauch, gestoßener Wachholder
Salz
Pfeffer

Zubereitung

Die Nüsse in der Pfanne ohne Fett kurz rösten und hacken. Mit der Butter, Kräutern und Toast vermischen, mit Muskatnuss, Salz und Pfeffer abschmecken.

Eberesche
Die Beeren mit Rotwein, Zucker, einer halben Vanilleschote aufkochen und mit Stärke leicht abziehen.

Den Rehrücken vom Knochen lösen und von beiden Seiten anbraten.
Mit Salz, Pfeffer und gestoßenem Wacholder würzen.
Nusskruste auf dem Rücken gleichmäßig verstreichen und im vorgeheizten Ofen bei 140 Grad 10 Minuten braten.
Herausnehmen und mit Alufolie abgedeckt 5 Minuten ruhen lassen.

Anrichten
Den Rehrücken mit der Kruste aufschneiden und mit Vogelbeeren zusammen anrichten.
Als Beilage passen gebratene Grießtaler und frische Pfifferlinge

LÜBECK *Wullenwever*

In Schleswig-Holstein gehört Roy Petermann seit vielen Jahren zu den Spitzenköchen, die nicht nur mit ihrer Kochkunst überzeugen, sondern auch mit einem ausgeprägten Stilgefühl. Darin wird er von seiner Frau Manuela, die für den Service des Gourmetrestaurants verantwortlich ist, aufs Beste unterstützt.So ist das Wullenwever im rund 400 Jahre alten Kaufmannshaus in der Beckergrube eine besondere Adresse für Ästheten, für Genießer, die sich an einem noblen, aber dennoch ungezwungenen Ambiente erfreuen.

Reizvoll ist nicht nur die elegante Einrichtung der Prachträume, verlockend ist auch der üppig begrünte Hofgarten, in dem fast das ganze Jahre über im Schutz von riesigen weißen Segeln gespeist werden kann.

Hof und Haus sind die stimmige Umgebung für Roy Petermanns Sterne-Küche. Seine Kreationen sind eine perfekte Melange aus regionalen und mediterranen Produkten. Der Patron versteht es, feinsinnig gewürzte, präzise gegarte und kunstvoll auf dem Teller arrangierte Gerichte zu servieren. Dass der charmante Küchenmeister nur absolut frische Lebensmittel verarbeitet, seine Kräuter selber zieht und ein Verfechter der leichten Küche ist, rundet die kulinarischen Genüsse ab, lässt sie unvergesslich werden.

Makrelenroulade auf Sommergemüse

Zutaten

für 4 Personen

4 Makrelen a 300 g
1 Aubergine (etwa 300 g)
1 gelbe, 1 rote Paprika
8 Datteltomaten
frische Basilikumblätter (3 Zweige)
2 Zucchini
1Zitrone
1 dl Olivenöl
Meersalz
50 g Pesto
Alter Balsamico

Zubereitung

Makrelen filetieren, Haut abziehen und entgräten.
Zucchini in dünne Scheiben schneiden, in Fett und etwas Zucker kurz ausbraten (glacieren). Die Filets würzen und stramm in die Zucchinischeiben einrollen und im 120 ° C heißen Ofen etwa 5 Minuten garen und dann ruhen lassen.
Paprika, Aubergine und (entkernte) Tomaten in schmale Streifen schneiden, in einer großen Pfanne mit Olivenöl so garen, dass das Gemüse knackig bleibt, frischen Knoblauch und fein gehackte Basilikumblätter dazugeben.
Das (mediterrane) Gemüse auf dem Teller anrichten, Makrelenfilets darauflegen, Olivenöl mit etwas Zitrone verrühren, leicht über die Rouladen verteilen, etwas Pesto und den Balsamico ebenfalls nach Gusto über die Gemüse und Rouladen verteilen, ganze Basilikumblätter als „Krönung" auflegen.

Zum Krug

SCHOBÜLL

Wer die Reetdachkate mit dem traumhaften Bauerngarten vor dem niedrigen Eingang zum ersten Mal sieht, glaubt seinen Augen nicht trauen zu dürfen. Das Haus mit seiner langen Geschichte – hierhin spazierte schon Theodor Storm – ist so detailverliebt restauriert, dass man bei der Entdeckungsreise durch das historische Gasthaus schnell eine Ahnung von der jahrelangen Instandsetzungsarbeit bekommt. Antje und Harald Frerks waren so angetan von dem baulichen Kleinod, dass sie die viele Zeit und Energie nicht nur sehr gern, sondern auch sehr kenntnisreich besorgten.

Ziel der ganzen Arbeit war der Traum von einem eigenen (besonderen) Restaurant. Das Ziel ist längst erreicht. Die Gäste, die hier einkehren, sind „Wiederholungstäter". Denn nicht nur das zauberhafte Ambiente – es wird im Wesentlichen von bäuerlich-antikem Mobiliar, historischen Leuchtern und viel Kunst bestimmt – überzeugt, es sind Gastfreundschaft der Frerks und die gute Küche des kleinen Landgasthofs.

Harald Frerks steht zwar ganz allein an seinem Herd, aber mit Ruhe und Können kocht er hier auf einem kulinarischen Niveau, das manche Küchenmannschaft nicht annähernd erreicht. Zu Frerks pilgern deshalb auch aus fernen Regionen die Besser-Esser.

Kräuter sind für den akribisch arbeitenden Küchenmeister ein wesentlicher Bestandteil seiner Gerichte. Alles andere muss für ihn aber auch aus der Region kommen, von Landwirten, Fischern und Züchtern, auf deren Qualität er sich verlassen kann. Nur so kann er die frische regionale Küche bieten, für die der historische Krug und seine kunstsinnigen Besitzer bekannt sind.

ZUM KRUG

Quittenparfait

Zutaten

6 Eigelb
¼ l Milch
Mark einer Vanilleschote
350 g Schlagsahne
1 EL Zucker
½ l gelierter Quittensaft
Saft von einer Zitrone
Beerenobst (z. B. Himbeeren, Brombeeren, Blaubeeren) zum Anrichten

Zubereitung

Eigelb vom Eiweiß trennen, mit Zucker cremig rühren, Milch mit dem Mark der Vanilleschote heiß werden lassen, in die schaumig gerührte Eimasse geben, durch ein feines Sieb seihen, im Wasserbad zur Rose aufschlagen. Anschließend im Eiswasser kaltrühren.
Die Schlagsahne steifschlagen, den gelierten Quittensaft unter die Creme geben und die Schlagsahne vorsichtig unterheben. In schmale Behälter füllen und im Tiefkühlfach gefrieren lassen, bis es fest ist.
Bei Bedarf mit einem warmen Messer portionieren und mit geeister Vanillesauce und mit Beerenobst auf dem Teller anrichten.

Mit einem Aufenthalt auf Gut Basthorst gönnt man sich Stunden der Entspannung. Das überaus geschichtsträchtige Anwesen mit seiner bewegten Historie bietet Landleben wie aus dem Bilderbuch. Die weitläufigen Parkanlagen, die üppigen Gärten und alten Bauten sind nicht nur sehenswert, sondern strahlen auch eine wohltuende Harmonie aus.

Mit der Gutswirtschaft „Im Pferdestall" hat der für seine stimmungsvollen Märkte berühmte Adelssitz des bekannten Freiherrn von Ruffin einen weiteren Grund geliefert, die stattliche Anlage zu besuchen.

Man sitzt tatsächlich in einem ehemaligen Pferdestall, erkennt noch deutlich die Boxen der Tiere und genießt das hübsche rustikale Ambiente der Wirtsstube. Hier darf man beste Landküche erwarten, die sich von den Erträgen aus der eigenen Landwirtschaft oder denen der näheren Umgebung inspirieren lässt. Eine bodenständig frische Küche, die mit mediterranen Einflüssen alten Rezepten eine neue Leichtigkeit gibt.

Zum Pferdestall

GUT BASTHORST

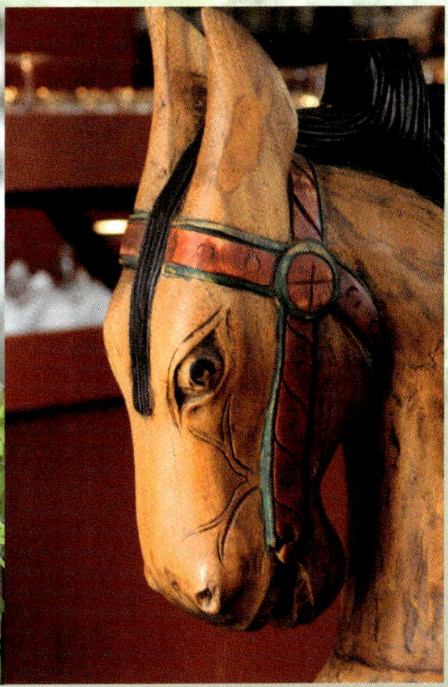

Waldpilz-Kräuter Terrine
AUF FRISEE-SALAT

Zutaten
für 4 Personen

Je 200 g frische Steinpilze und Pfifferlinge,
1 Gemüse- bzw. Metzgerzwiebel
300 g Aspik (Pulver)
1 Liter
Gemüsebrühe aus gekochten Karotten, Sellerie, Lauch, Petersilie
1 Kopf Friseesalat
4 EL dunkler Balsamico-Essig,
7 EL Olivenöl, Salz, Pfeffer, Zucker
1 TL Senf, mittelscharf
1 EL frischer Zitronensaft
Je ein Zweig Thymian, Rosmarin, Petersilie, Dill

Zubereitung

Pilze mit Zwiebeln und etwas Butter in der Pfanne anschwitzen. Hälfte der Gemüsebrühe aufgießen, kurz köcheln lassen, vom Herd nehmen. Brühe mit Aspik verrühren, quellen lassen, dann zu den Pilzen in die Pfanne
geben, frische Kräuter grob hacken und dazugeben, rühren und in eine Terrinenform gießen. Über Nacht in den Kühlschrank stellen.
Terrine stürzen, in fingerdicke Scheiben schneiden, auf Salatbett legen.
Balsamico mit Senf, Zitrone, Salz, Pfeffer, Zucker, gehacktem Thymian, Rosmarin mischen, Olivenöl drunterrühren. Dressing über die Terrine träufeln.

Die Restaurants

LAGE, ANSCHRIFT, SPEISEKARTE

Flensburg
Schleswig
Husum
Rendsburg
Kiel
Heide
Plön
Neumünster
Itzehoe
Bad Segeberg
Lübeck
Norderstedt
Mölln

1 Vitalhotel Alter Meierhof

Uferstraße 1
24960 Glücksburg
04631-61990
www.alter-meierhof.de

Auszug aus der Speisekarte

- *Coquilles Saint Jacques mit Gänseleber Panna Cotta und Morcheln 38,00 €*
- *Milchkalbsbrust 24 braisiert mit Artischocken à la Barigoule 48,00 €*
- *Dessert von Kirsche und Vanille 19,00 €*

2 Hotel Restaurant Altes Zollhaus

Lollfuß 110
24837 Schleswig
Tel. 04621-29 03 40

Auszug aus der Speisekarte

- *Tatar vom gebeitzten Ostseelachs auf Reibekuchen mit Honig-Senf-Dip EUR 10,5o*
- *Gebratene Barbarie-Entenbrust auf Honig-Balsamico, Gemüsebukett mit glasierten Möhrchen,Romanesco und Zuckerschoten, dazu Sahnekartoffeln EUR 20,5o*
- *Terrine von weißer und schwarzer Schokoladen-Mousse an Rotweinkirschen EUR 8,5o*

3 Am Kamin

Probstenstr. 13
24534 Neumünster
04321-4 28 53
www.am-kamin.info
Geschlossen: Sonn- und Feiertag

Auszug aus der Speisekarte

- *Bärlauchschaum mit Wachtelroulade und Pilzen 8,50 €*
- *Farciertes Stubenküken mit Sherry-Backpflaumen 21,00 €*
- *Gebrannte Topfencrêpe mit Erdbeeren und Sorbet 9,50 €*

4 Andresen's Gasthof

An der B5
25842 West-Bargum
Telefon 04672-10 98
www.andresensgasthof.de

Auszug aus der Speisekarte

- *Gekräuterter Seesaibling mit winterlichem Salat und aufgeschäumter Vinaigrette*
- *Filet und Bäckchen vom Kalb mit Pastinakenpüree und Kartoffeltaler*
- *Tomatenessenz mit schwarzen Garnelenravioli*

5 Antik-Hof Bissee

Eiderstraße 13
24582 Bissee
04322-2500
www.antikhof-bissee.de

Auszug aus der Speisekarte

- *Warmer marinierter Bokseer Ziegenfrischkäse an Blattsalaten mit Cumberlanddressing 8,40 €*
- *Bisseer Pannfisch auf Dijonsenfsauce, Bratkartoffeln, Marktsalat 16,20 €*
- *Bothkamper Brotpudding mit Mandellikör auf Karamellsauce 6,40 €*

6 Bärenkrug Molfsee

Hamburger Chaussee 10
24113 Molfsee bei Kiel
Telefon 0 43 47-7120-0
www.baerenkrug.de

Auszug aus der Speisekarte

- *Zucchini gefüllt mit Rinderhack auf Tomatenragout und Curryreis*
- *Paniertes Schweineschnitzel mit Spiegelei und Bratkartoffeln*
- *Himmel und Erde auf Apfelscheiben und Kartoffelpüree*

7 Hotel Birke

Martenshofweg 8
24109 Kiel
0431-53 31-0
www.hotel-birke.de

Auszug aus der Speisekarte

- *Geräucherter Salzwiesenlammschinken aus Viöl auf pikantem Muskatkürbis mit Feldsalat und Walnüssen 9,80 EUR*
- *Saftiges Entrecôte von der Holsteiner Färse mit drei in Knoblauch gebratenen Riesengarnelen, dazu Kräutersaitlinge und Kartoffelgratin 29,00 EUR*
- *Oma Birkes Pannekoken (Pfannkuchen) mit Pflaumenmus 5,80 EUR*

8 Landgasthof Restaurant Brechtmann

Hackendohrredder 9
23684 Schürsdorf (bei Scharbeutz)
04524-9952
Telefax: 0 45 24 / 16 96
www.brechtmann.de

Auszug aus der Speisekarte

- *Entenkraftbrühe mit gebackener Frühlingsrolle und Schnittlauch € 6,00*
- *½ ofenknusprige Flugente gefüllt mit Äpfeln und Rosinen an Apfelrotkohl und Kartoffelklößen € 19,00*
- *karamellisiertes Vanille-Parfait mit Rhabarber € 7,00*

9 Gut Kleve

25554 Kleve
04823-8685
www.gut-kleve.de

Auszug aus der Speisekarte

- *Frischer Stint mit grünem Kartoffelsalat 13,50 €*
- *Geschmorter Fenchel mit Riesengarnelen 11,50 €*
- *Rosa gebratene Rehkeule in Lavendeljus 16,50 €*

10 Restaurant Hauck

Dorfstraße 7
23617 Stockelsdorf
0451-29288829
www.restaurant-hauck.de

Auszug aus der Speisekarte

- *Kokosnuss-Zitronengrassuppe mit Garnele 6,50 €*
- *Geschmorte Rinderbäckchen auf Kartoffelpüree mit Frühlingslauch 15,50 €*
- *Lübecker Marzipan-Krokant-Parfait mit Früchten 6,00 €*

11 Heinsen's

Hauptstraße 1
25474 Ellerbek
Telefon: 04101-37 77-0
www.heinsens.de

Auszug aus der Speisekarte

- *Rucola-Schaum-Suppe mit Croûtons € 4,80*
- *Filet vom Rotbarsch unter Kräuter-Kartoffel-Kruste auf Champignon-Lauch-Gemüse € 9,50*
- *Kirsch-Grütze mit Vanilleeis € 4,60*

12 Jagdhaus Waldfrieden

Kieler Straße (B4)
25451 Quickborn
04106-61020
www.waldfrieden.com

Auszug aus der Speisekarte

- *Mittägliche Culinaria (Di.- Sa., 12-14 Uhr)*
- *3-Gänge Menüs, Frische Freuden nach Marktlage, 21,00 Euro*
- *Winzer-Menü in 5 Gängen inklusive ausgewählter Weine, 54,00 Euro*

13 Jans Restaurant
Böhler Landstraße 153
25826 St. Peter-Ording
Tel: 04863-47 86 6
www.jans-restaurant.com

Auszug aus der Speisekarte

- *Roastbeef vom Lammrücken auf Rucola mit eingelegten Cherrytomaten 8.90 €*
- *Bruschetta 5.00*
- *Angeldorsch auf Rote-Bete-Püree im Wasabischaum 14.90 €*

14 Restaurant Jörg Müller
Süderstraße 8
25980 Westerland/Sylt
04651-27788
www.hotel-joerg-mueller.de

Auszug aus der Speisekarte

- *Roulade vom Sylter Galloway in Pinot Noir mit Pfifferlingen und Spitzkohl 38,00 €*
- *Keitumer Ziegenkäse auf Kürbis-Feigenconfit 12,00 €*
- *Hausgemachte Lammbratwürstchen mit Kartoffelsalat, 13,50 €*

15 Landhaus Hamberge
Stormarnstraße 14
23619 Hamberge
0451-8997110
www.restaurant-hamberge.de

Auszug aus der Speisekarte

- *Hausgemachtes Sauerfleisch mit Bratkartoffeln 8,50 €*
- *Kalbsfilet mit gestovten Erbsen und Risotto Milanese 23,00 €*
- *Joghurtmousse auf Ananas-Estragon-Carpaccio 6,00 €*

16 Landhaus Stricker
Boy-Nielsen-Straße 10
25980 Sylt
04651-88990
www.landhaus-stricker.de

Auszug aus der Speisekarte

- *Kabeljau auf Confit von Kartoffeln € 29,00*
- *Geschmortes Iberico-Schweinebäckchen mit Langoustino und Spargel € 40,00*
- *Soufflierte Bananen-Erdnussflan 14,00 €*

17 Luv und Lee
Freeheit 14
24257 Schwartbuck/Ostsee
04385-755
Telefax: 04385 1777
www.luvundlee.de

Auszug aus der Speisekarte

- *Menü:*
  Carpaccio vom Wildschwein mit Feldsalat
  Zanderfilet mit Balsamicolinsen
  Orangen - Schokotörtchen mit Mandarinensorbet
  31,50 €

18 Ole Liese
Gut Panker
04381-90 6 90
www.ole-liese.de

Auszug aus der Speisekarte

- *Entrecote mit Rotweinschalotten, grünen Bohnen und Kartoffelstampf 19,00 Euro*
- *Kabeljau mit Sommertrüffel auf Sellerie 24,00 Euro*
- *Ole Liese's Topfenvariation auf Erdbeerragout, 10,00 Euro*

19 Riesby-Krog

Dorfstraße 35
24354 Rieseby
04355-181 787

Auszug aus der Speisekarte

- *Holsteiner Kartoffelsuppe mit Kassler und Schinkenwurst 4,80 Euro*
- *Hausgemachte Ravioli mit Steinpilz-Ricotta-Füllung in Salbei-Butter 10,00 Euro*
- *Lammfilets mit Thymianjus mit dreierlei Bio-Bete und Kartoffelgratin, 19,50 Euro*

20 Schlie-Krog Sieseby

Dorfstraße 19
24351 Sieseby
04352-2531
www.Schliekrog-Sieseby.de

Auszug aus der Speisekarte

- *Matjestatar auf Vollkornbrot, 8,50 Euro*
- *Dorschfilet mit Senfschaumsauce und Gurkensalat, 25,00 Euro*
- *Holsteiner Kalbsfilet mit Pfifferlingen und Wintergemüse, 28 Euro*

21 Restaurant Seebüll

25927 Neukirchen
04664-983970

Auszug aus der Speisekarte

- *Tomatencarpaccio mit Rucola an angemachtem Ziegenfrischkäse nach Oma´s Art im Curry-Brioche, Traubenkernöl-Balsamico-Vinaigrette 9,50 €*
- *Crépinette von der Perlhuhnbrust an Johannisbeersauce auf Ingwer-Blattspinat, Kartoffel-Zucchinipudding 17,50 €*
- *Löwenzahn-Limonenmousse mit Erdbeer-Shooter und Trüffel von der Arabicabohne 6,00 €*

22 Seehotel Töpferhaus

24791 Alt Duvenstedt, Am See
04338-99 71-0
www.toepferhaus.com

Auszug aus der Speisekarte

- *Pochiertes Kalbsfilet mit geschmortem Wirsing, Rosmarin-Gnocchi und sautierten Pfifferlingen, 30,00 Euro*
- *Tagliatelle mit Steinpilzschaum 9,50 Euro*
- *Komposition von Mandelmousse und Apfel 17,00 Euro*

23 Sölring Hof

Am Sandwall 1
25980 Rantum/Sylt
04651-836200
www.soelring-hof.de

Auszug aus der Speisekarte

- *Frühlings-Gemüsesalat mit Rapsöl und marinierten Langustinos 36,00 €*
- *Schlemmerschnitte à la King: Taubenbrust, Selleriecreme, geschmorte Schalotten, Bratbrot mit Gänsestopfleber mit Perigord Trüffel 52,00 €*
- *Geeister Knusperapfel mit Cidre-Honigjus 16,00 €*

24 Restaurant Stolz

24306 Plön, Markt 24
04522-50320
www.hotel-restaurant-stolz.de

Auszug aus der Speisekarte

- *Plöner Räucheraal mit Selleriemousse und Rote Beete-Vinaigrette 17,00 €*
- *Schweinerücken und Bauch mit Giersch, Haselnüssen und Kartoffel-Zwiebel-Stampf 24,00 €*
- *Hagebuttenmousse mit Karamell-Roggenbrot-Eis 13,00 €*

Die Daten und Schilderungen zu den Speisehäusern, ihrem Ambiente, den Gerichten, Köchen und Patrons beziehen sich auf den Stand vom März 2009.
Sollten Sie Kritik oder Anregungen haben, schreiben Sie uns bitte.

25 Vitalia-Seehotel

Am Kurpark 3
23795 Bad Segeberg
04551-802 8
www.vitaliaseehotel.de

Auszug aus der Speisekarte

- *Rohmariniertes Filet vom Aubrac – Rind mit Tartufata, gebratenen Wildkräutern, Sauerrahm und geröstete Cashewnüssen 18,00 EUR*
- *Lammrücken mit Lakritzbutter arosiert, Flageoletbohnenkernen, Kartoffel – Tomatenpüree und sautierten Herbsttrompeten, an einer Thymian – Akazienhonigreduktion 21,00 EUR*
- *Passionsfruchtgelee mit exotischen Früchtecroustillon Kokosmilch – Zitronengrassorbet und schwarzem Sesamkrokant 8,50 EUR*

26 Hotel Waldschlösschen

Kolonnenweg 152
24837 Schleswig
04621-3830
www.hotel-schleswig.com

Auszug aus der Speisekarte

- *Salat von Stangenspargel und Portulak mit gebratener Entenleber, Kirschbalsamessig und Apfelsorbet 9,50 €*
- *Saltimbocca vom Zanderfilet mit luftgetrocknetem Schinken gebraten auf Bärlauchsauce mit Spargel und Tomate Tagliatelle und Salate vom Büffet 17,80 €*
- *Hausgemachtes Schokoladeneis von weißer Callebautschokolade mit Rhabarbertarte und Erdbeerspiegel 7,80 €*

27 Restaurant Wullenwever

Roy Petermann
Beckergrube 71
23552 Lübeck
0451-70 43 33
Telefax +0451-70 63 607
www.wullenwever.de

Auszug aus der Speisekarte

- *Buddenbrookmenü*
  Kräuterschaumsuppe
  Goldbuttröllchen auf Blattspinat in Hummersauce
  Spannferkel kross gebraten in Rapshonigsauce mit Frühlingsgemüsen
  Lübecker Plettenpudding mit frischen Himbeeren
  65,- Euro

28 Historisches Gasthaus „Zum Krug"

Alte Landstraße 2a,
25875 Schobüll, OT Hockensbüll
04841-61580
www.zum-krug.de

Auszug aus der Speisekarte

- *Jacobsmuscheln und Garnelen, in der Pfanne geschwenkt, mit Gemüsestreifen und Bärlauchsauce 16,50 €*
- *Lammhaxe mit Gartenkräutern, in der Röhre gebraten, mit Rosmarin-Basilikum-Jus, auf verschiedenem Gemüse, gebutterte Kartoffeln 19,50 €*
- *Mousse von der Zartbitterschokolade, auf Himbeermarkspiegel 8,90 €*

29 Gutswirtschaft „Zum Pferdestall"

Auf dem Gut
21493 Basthorst
04159-810816
www.gut-basthorst.de

Auszug aus der Speisekarte

- *Hummersuppe 4,50 €*
- *Rotbarschfilet mit Salzkartoffeln und Gemüsen der Saison 14,50 €*
- *Rote Grütze 4,50 €*

MICHAEL STITZ

Der Journalist und Buchautor leitet seit vielen Jahren das Kultur-Magazin-Ressort des Schleswig-Holsteinischen Zeitungsverlages (sh:z). Bekannt wurde Michael Stitz als versierter Kenner der Gastronomie des Landes. Seine Kritiken und Kolumnen über Restaurants, Köche und die kulinarische Szene erscheinen in den sh:z-Zeitungen, diversen Magazinen und Reiseführern.

STEFFI BRÜGGE

Die freie Fotografin arbeitet in Hamburg vorwiegend für Lifestyle-Themen. Für die „Gärten der Köche" konnte Steffi Brügge für die Food-Fotografie gewonnen werden. Die Fotodesignerin realisiert in ihren Aufnahmen eine lebendige, stimmungsvolle Atmosphäre, in der ohne aufgesetzte Effekte die Gärten, die Köche und die Früchte des Gartens genussvoll inszeniert werden.

Buchgestaltung: Michel Kreuz